계절의 단상

계절의 단상

권용휘
산문집

시선과 단상

작가의 말

시를 읽고 삶을 씁니다
종종 삶 속에서 연을 찾기도 하는데
어쩌면 그 연이 당신일지도 모르겠습니다

서문

같은 말이라도 저마다의 분위기가 있습니다. 사랑하는 사람에게 전하는 '보고 싶다'라는 말과 사랑했던 사람에게 보내는 '보고 싶다'라는 말의 분위기가 다른 것처럼 말이지요.

같은 글이라도 마음가짐에 따라 기분이 달라집니다. 흰 봉투에 나의 이름을 쓰는 것뿐인데 결혼식장에서 전하는 나의 이름과 장례식장에서 보내는 나의 이름이 다르게만 느껴지는 건 온전히 기분 탓만은 아닐 겁니다.

어떤 언어는 봄처럼 산뜻할 것이며 어떤 언어는 겨울처럼 고적할 것입니다. 어떤 말은 여름처럼 조금은 소란스럽게 숨 쉬고 있을 것이며 어떤 글은 가을처럼 고요하게 기억될 것입니다.

일상에서 나뒹구는 언어의 밑바닥을 들여다보고 속뜻을 발견해 고르게 손질합니다. 계절마다 만났던 언어의 단상과 잔상이 남기고 간 흔적들을 정리하고 담았습니다.

묻고 싶은 말이 있습니다.
당신은 지금 어떤 계절에 살고 있나요.

차례

겨울의 단상

봄의 단상

여름의 단상

가을의 단상

겨울의 단상

그 당시에는 피부로 느끼지 못했지만
깨기 싫은 꿈같은 날들이 있었습니다
시간이 지나고 그런 날들은
망각의 굴레 속에서 죽지 않고 살아남아
또다시 꾸고 싶은 꿈이길 바랐던 적도 많았습니다

겨울 다짐

- 지켜주는 일

명목 잃은 슬픔이 당신의 이름을 부를 때면,
난 당신의 뒤에서 슬픔의 입을 막아주어야지.

불렀냐며 돌아본 당신이 청초한 눈빛을 내게 보이면,
아무 일도 아니라며 슬픔 대신 내 목소리를 들려주어야지.

미안하다는 말의 속뜻

'미안하다'라는 말 안에는 '사랑한다'라는 내의內意가 있다. 내 그것을 알게 되고 얼마 지나지 않아 당신에게 그 말을 들었을 때, 속절없는 장마가 얼굴에 졌다.

미안한 사람

이상하게도 우리는 사랑한다고 말해야 하는 순간에 다른 말을 하곤 한다. 눈물샘 끝까지 참고 참았던 눈물을 떨구듯 미안하단 말을 '툭'하고 흘린다. 심장 밑바닥까지 벅벅 긁어가면서 '걱정, 염려, 측은'과 같은 여타 단어들에 더는 자리를 내어줄 곳이 없을 때, 불어난 슬픔의 총량을 감당할 재간이 없을 때, 사랑한다는 말 대신 그 말이 새어 나온다. 고사성어를 살펴보면 겉뜻이 있고 속뜻이 있는데, 어쩌면 우리 한글도 겉말과 속말이 따로 있을지도 모른다고 여겼던 날이 있었다.

우리는 마음과 마음이 닿게 되면 항상 행복 속에 살아갈 것이라 상상한다. 사실 이것은 큰 오산이며 자만이다. 자라나는 마음의 크기와는 반대로 상대방에게 해주고 싶은 마음을 충족시켜주지 못할 때, 그것으로 느껴지는 자신의 초라한 모습에 외려 주어진 행복을 누리지 못하는 경우가 비일비재하게 일어난다. 사람은 누군가를 사랑하면 사랑할수록, 마음이 깊어지면 깊어질수록, 무언가를 해줄 때 느끼는 행복보다 무언가를 해주지 못할 때 느끼는 미안한 마음이 더 크기 마련이다.

나의 경우를 돌아보았을 때도 그랬다. 아무리 마음이 중요하다고 하지만, 자신이 만족하지 못하는 것이다. 마음이라는 게 원체 보이지 않고, 상대방이 그 크기를 가늠할 수 없기에 증명하고 싶을 뿐이다. 마음 같아선 물질적으로라도 마음의 크기를 보여주고 싶은 심정이 굴뚝같이 생기기도 한다. 지금 나의 마음이 어떠한 상태인지. 얼마나 당신을 사랑하고 있는지. 그렇다고 물질적인 삶을 지향한다는 뜻은 아니다.

이런 이유로 세상의 모든 부모는 자식들에게 과분하고 넘쳐나는 헌신을 다함에도 불구하고 "잘해준 게 없어 미안하다, 더 해주지 못해 미안하다"라는 말을 입에 달고 살아가는 걸지도 모른다.

만약 당신의 곁에 있는 그 누구든 해주지 못해 미안하다는 말을 달고 살아가는 사람이 있다면, 그 사람은 당신이 생각하는 것보다 당신을 더 많이 사랑하고 있을 것이다.

그때, 꼭 안아주기를 바란다. 우리는 사랑한다고 말하며 안을 줄만 알았지 미안함을 고하고 안는 법을 배우지 못했기에 당신을 끌어안고 싶어도 껴안지 못하는 경우가 허다할 테니까. 말을 안 해서 그렇지 속으로는 끙끙 앓으면서 비참함과 서러움을 부둥켜안고 살아가고 있을 테니까.

우리는 사랑하는 사람을 행복하게 해주고 싶어 한다. 시간이 지나고 그런 마음들은 고스란히 '당신을 슬프지 않게 해야지'라는 다짐으로 움직인다. '미안하다'라는 말에 속뜻을 알았다. 영영 모를 것만 같았던 사랑이 이제 조심스럽게나마 보일 것도 같다.

단, 하루만 만개하는 꽃

어제는 한바탕 눈이 내리더니 오늘은 제법 휘휘 거리는 바람들이 거리를 어루만지고 있다. 곳곳에 나무들은 하양을 입고 겨울 특유의 고상한 자태를 뽐내고 있다. 겨울 분위기 때문일까, 연고지가 없는 방랑자처럼 하루를 보내기로 마음을 먹고 집 밖으로 나섰다.

몇 걸음이나 갔을까, 집 근처 꽃집에서 손을 모으고 세심하게 꽃을 살피고 있는 남자에게 시선이 갔다. 나이는 20대 중반으로 보인다. 느닷없이 그를 봄과 동시에 지금은 유폐되어버린 옛 기억의 씨앗이 백일홍 피우듯 잠깐 피어났다.

옛사람의 기억이 있다. 오랜 연애 동안, 꽃 한 송이조차

주지 못했던. 아니다, 신경만 썼더라면 줄 수 있었던 시간은 충분했으므로 주지 않았다가 더 맞는 말일 수도 있겠다. 같은 꽃집을 기준으로 과거의 한 장면을 복원시킨다.

"나는 꽃 선물처럼 애잔하고 가여운 선물을 보질 못했다. 자칫하면 말라비틀어지고, 여차하면 시들어버리잖아, 꽃 선물 받으면 좋나? 다른 선물이 더 좋지 않나?"

나의 말에 너는 뾰로통한 표정을 짓더니 예기치 못한 변화구를 던졌다. 몰래 꽃을 고르는 마음이 좋다거나, 영원치 않아서 더 값지다거나. 이런 종류의 대답을 기다렸으나 순간 예상치 못한 답변에 식은땀을 멈출 수가 없었다.

"난 모르겠네? 받아본 적이 없어서."
"아……."

큰일 났다. 꽃을 선물했던 기억이 나질 않는다. 기억이 없다가 더 옳을 것이다. 치명적이라면 치명적이고 단적이라면 단적인 실수를 저질러 버렸다. 언뜻 축구 해설위원의 중계 소리가 귓가에서 들리는 것만 같다.

"골이에요! 골~! 자살골!"

이미 엎어진 물. 어물쩍대며 고작 한다는 말이 "지금 보니까 오늘 머리 진짜 이쁘다, 튤립 같아"라는 어처구니없는 답변을 해버렸다. 눈치 없이 아무 말이나 내뱉다 보면 이렇게 곤란한 상황을 맞곤 한다.

그날, 흐릿한 내 기억으론 나는 주인에게 혼난 강아지처럼 말을 많이 아꼈다. 그런 나를 힐끗힐끗 얇은 눈으로 쳐다보더니 풀죽은 내 모습이 웃겼는지 그날 너의 보조개는 피식하며 자주 들어갔다.

저 남자는 어떤 심정으로 꽃을 고르고 있는 걸까. 말로 하기에는 조금은 부끄러운 꽃말을 떠올려보는 걸까. 혹은 사진을 보여주며 이 사람과 가장 닮은 꽃을 달라고 말하는 수줍음을 품고 있는 걸까. 만개하는 웃음꽃을 보고 싶은 마음을 숨긴 채로 곱디고운 작은 꽃다발을 몸

뒤로 숨기며 사랑하는 사람을 만나러 가는 길을 상상을 하는 걸까.

꽃을 고르는 마음은 사랑한다는 말을 속으로 연습하는 일과 닮았다. 이 꽃을 줄까, 저 꽃을 줄까. 이 말로 할까. 저 말로 할까.

이 세상엔 좋은 기억도 있고, 나쁜 기억도 존재한다. 얼굴에 웃음꽃이 피는 날도 있고, 빗소리가 들리는 날도 있다. 한 사람이 모든 일을 품고 살아가기엔 한없이 작고 연약한 존재이기에, 이왕이면 따뜻하고 아름다운 기억을 선물해 주는 일. 당신에게 가장 어울릴만한 하루를 건네주는 일. 나는 이것을 사랑하는 사람을 위해 꽃을 고르는 마음이라고 말한다. 비록 내가, 단 하루만 만개하고 지게 되는 꽃이어도 말이다.

화방에 들어가 당신을 고른다.
걸음을 돌리고 당신을 생각한다.

어머니의 화장대 위에 보랏빛 꽃 한 송이를 올려두고 다시 나오는 길이다.

만남과 이별

서해에 요상한 섬 하나가 있다. 만조에는 그 섬으로 가는 바닷길이 잠기고, 간조에는 다시 바닷길이 열리는 모세의 기적을 볼 수 있는 곳. 이런 기적은 찾아보면 더 있을 테지만 외연이 얇은 나로선 '모세의 기적'이라고 하면 제부도가 떠오른다. 노둣길이라고 불리는 바닷길의 초입에서 낙조의 풍경을 사진으로 담아내기 좋은 곳. 아무것도 모르고 차를 타고 들어갔다가 딱 갇히기 알맞은 곳이다. 오래전, 2년 동안 제부도 근처에서 지낸 적이 있기에 변한 것이 없다면 그곳 지리도 꽤 알고 있다.

원래 내가 있던 자리로 돌아오고 한참 지난 후에 제부도를 다시 찾은 적이 있었다. 가는 날이 장날이라고 했던가, 시간대를 잘못 잡아 밀물이 들고 있었다. 결국 노둣

길을 건너지는 못했다. 늘 어딜 가든 계획하지 않고 즉흥적으로 움직이는 나의 탓이었다. 아쉬운 대로 해안 길을 걷기로 했다.

검은 여백이 파랑으로 채워지고, 파도가 밀려와 포말과 함께 부서지고 있다. 이런 파란의 출렁임을 볼 때면 괜스레 울컥하는 무언가가 생긴다. 하늘인지 바다인지 모를 푸른빛 위엔 저녁이 잔잔히 내려앉아 다리를 꼬고 있다. 이상하게 바다에 푸른 낙조가 질 때면 떠오르는 시가 있다. "파도야 어쩌란 말이냐, 파도야 어쩌란 말이냐"로 시작하는 청마 유치환 시인의 '그리움'이다.

다가옴과 밀려남을 반복하는 바다 앞에서, 물과 하늘이 맞닿아 엷은 물감을 뿌려놓은 그림 같은 수평선에 시선을 여러 번 두었다. 바다로부터 불어오는 해풍에 몸을 맡겼다. 바람과 바다는 언제나 낭만을 부른다. "바람이 파도를 불러오는 게 아니라 그리움을 불러오는 걸지도 몰라"라는 비문 같은 혼잣말도 해본다. 규칙적으로 밀려오는 것 같지만, 모든 게 불규칙한 파도가 감정선에 약간의 칠을 더해준다. 파도는 나름의 속도를 유지한 채 방파제에 부딪혀 곧장 사라져 버리고 마는 파편들과 같다.

그러고 보면 바다 안에는 말과 글이 살고 있을 것이다. 그렇지 않은가. 바다를 보고 있으면 괜히 그리운 사람을 떠올려보기도 하며 불러보기도 하고, 사랑하는 사람과 함께 해변 위에 연정의 글을 새기지 않는가. 밀물이 들이치면 그런 말과 글을 삼키고 썰물과 함께 가져가지 않는가. '보고 싶다, 잘 지내, 고마워요, 사랑해요' 따뜻하면서도 서글픈 언어가 파도의 결을 만드는 게 분명하다. 홀로 바다를 걸으면 애잔해지는 기분이 드는 것도 이러한 이유일 것이라, 추측해 본다.

방파제를 때리는 파도를 보는데 난데없이 '사람 안에는 저마다의 바다가 살고 있다'라는 문장이 만들어졌다. 그런 이유로 인연의 흐름이 있다면 저 모습이지 않을까, 싶었다. 보이지 않는 다가옴과 밀려남을 반복하며 엇비슷해 보이지만 모든 게 다른, 저마다의 결이 일렁이고 있을 것이다. 그 결이 서로 하나가 되기도 하지만 그 끝엔 흩어져 파편들이 되기도 하는 것이 왠지 모르게 우리들의 모습을 보는 것만 같았다.

보고픔을 가지고 가더니 이내 그리움으로 다시 가져와 버리는, 그런 파도가 치는 밤이다. 사랑의 결이 그렇지 않던가, 아닌 줄 알면서도 자꾸만 숨길 수 없는 마음이 생겨나고 애석하게도 서로의 마음을 이해하지 못하고 결국엔 끝을 맛보게 되는. 어쩌면 사람 인연은 바다의 결과 같아서 만남과 헤어짐을 반복하는 걸지도 모르겠다.

만남과 이별은 정말 한 끗 차이이다. “새끼손가락을 걸고 서로에게 했던 어떤 말이 기약期約이 될 때” 우리는 만남이라 말하고, “기약期約이 기약棄約으로 변했을 때” 우리는 결별했다고 선언한다.

사람은 사랑에 상처를 받기도 하지만 사람에 위로를 얻기도 한다. 그래서 우리는 수많은 속앓이를 경험했음에도 불구하고 누군가와의 만남을 계속해서 그린다. 이번만큼은 다르길, 이번만큼은 정말 마지막이길 하면서 말이다. 사랑에 울기도 하지만 사람에 웃기도 하니까. 알다가도 모르는 게 사랑이라지만, 그 모름으로 인해 알게 되는 것이 사람이기에. 사랑과 사람의 결은 이렇게 이어져 있다.

상실의 시대

처음으로 장례식장에 갔었던 어린 날이 있다. 이미 송장을 치러 발화되어버린 기억들이 대부분이었지만, 지금까지도 그날의 기억만큼은 어렴풋이 남아있다.

점심시간 공을 차던 아이는 선생님의 부름을 받고 교무실로 향한다. 얼른 집으로 곧장 가라는 말을 듣는다. 다른 곳으로 새지 말라는 당부와 함께.

교실로 돌아와 챙겨왔던 책들을 주섬주섬 챙기고 헤헤 웃으며 "나 먼저 간다"라고 반 친구들에게 말하며 교실 문을 닫는다. '빨리 집에 가서 아빠랑 놀아야지'라는 어린 생각을 가지고 히죽 웃으며 가벼운 발걸음으로 홀로 하교한다. 머지않아 발걸음이 무거워질 거란 것도 모른 채.

"좋은 곳으로 가셨단다."

친할머니가 돌아가셨다. 온 사방이 검정이다. 옷 깊숙이 향내가 배고 드문드문 하얀 꽃들이 보인다. 검은 얼굴을 한 사람들은 쏟아지는 무언가를 붙잡기 위해 파르르 파르르 안간힘을 써가며 눈꺼풀로 눈을 주무르고 있다. 사실 장례식장까지는 그나마 괜찮았다. 화장터가 문제였다. 화구에 시신이 들어가는 순간 그곳에 있던 모두가 더는 눈을 주무르지 못하고 주체할 수 없는 눈물바다를 일렁인다.

곧, 해일 소리와 비슷한 곡소리가 들려온다.

상실 없는 삶은 없다. 사람으로 태어나면 모든 사람은 상실을 경험하며 그에 따른 고통을 겪는다. 상실의 고통은 저마다 다르겠지만 피하고 싶다고, 마주하기 싫다고 해서 도망칠 수가 없다.

사실 죽음이라는 것은 극단적인 상실에 가깝다. 더는 눈을 마주칠 수 없으며, 더는 대화를 나눌 수 없고, 더는 함께 걸을 수도 없으니. 살아생전 남겨두었던 사진을 보고 홀로 넋두리를 놓으며 살아가야 한다. 그저 함께한다는 믿음만으로.

귀천歸天이 아니더라도 우리는 여러 갈래의 상실을 일상에서 경험한다. 작년의 첫눈과 올해의 첫눈이 다르고, 다시 찾아온 봄의 분위기도 조금씩 다르다. 어디 계절뿐이겠는가, 평생 사랑의 서약을 말했던 사람과 작별을 맞기도 하고, 먹고살기 위해 고군분투하느라 죽마고우였던 친구와 소홀해지기도 한다. 작년의 마음가짐과 올해의 마음가짐 또한 다르고, 작년 나의 모습과 올해 나의 모습 또한 다르다. 오늘만 해도 그렇다. 분명 아침이었는데 눈 깜짝할 사이에 저녁이 오고, 새벽이 밝으면 오늘과 이별한다. 오래도록 곁에 있어 주길 바라지만, 잠깐 머물렀다가 무심히 멀어지기도 하는 것들. 계절이 변하듯 자연스레 밀려나는 일들이 사방팔방에 널려있다.

이상하게 매번 그랬다. 꼭, 내가 사랑했던 모든 것들은 변하거나 사라졌다. 어린 시절 나를 바라보던 부모님의 얼굴, 어린 시절의 나, 정말 행복했던 우리의 모습과 같은 찬란한 순간들, 모두 찰나를 말하며 손을 흔든다. 모조리 부질없단 생각에 다시는 사랑이라는 걸 하지 말까 싶다가도 불현듯 그리움이라는 허기가 아무런 경고 없이 나를 괴롭힐 것이라는 걸 알고 있기에, 여전히 나는 지나온 그 시절을 그리워하며 사랑할 수밖에 없을 것이다.

누군가는 말한다. 인생은 무언가를 얻어 가며 성장해나가는 과정이라고. 옳은 말이다. 하지만 그것만이 성장의 전부는 아닐 것이다. 나는 삶의 외면은 부족한 부분을 채우는 과정이라고 생각하지만, 삶의 내면은 '상실, 결여, 메마름, 굶주림, 잊힘'과 같은 잃어가는 것들을 아는 과정이라고 여긴다.

상실을 이해하는 것. 그 상실로부터 나온 슬픔에는 종결이 없다는 걸 아는 것. 사람은 행복만으론 매일 살아갈 수 없다는 걸 인정하는 것. 슬픔에게 내어줄 자리 하나 정도는 심연에 마련해 두어야 한다는 것. 어찌 보면 모든 날의 언어들은 유서로 읽혔고, 모든 날의 말들은 고별사로 들렸다. 웃긴 말일 수도 있겠지만, 우리 인간은 그런 날들을 추모하는 조문객으로 이 세상을 살아가고 있는 것이다.

삶이 어떤 서적이라면 언젠가는 책장의 말문을 마주하게 될 것이다. 동화의 클리셰처럼 맺음말로 언제나 쓰이는 '오래도록 행복하게 살았습니다'라는 문장을 적고 싶은데, 실상은 '많은 상실을 경험했고 오랜 결여로 고독과 함께 그저 그렇게 지내다가 그저 그렇게 갑니다'라는 문장을 적을지도 모르겠다.

아파트 뒤편, 가을의 마지막 산책로를 거닐고 있다. 곧 겨울이 올 거라는 걸 알리듯 노란 은행나무 잎이 우수수 떨어진다. 다른 관점에서 보면 겨울이 다가온다는 말보다는 시들해진 가을이 밀려나는 게 아닐까, 라며 떠나가는 것들에 대한 상념想念을 다시금 해본다. 오늘도 우수수 떨어지는 생각들 사이로 다가올 그리움이라는 계절 앞에 여러 나무가 서 있다.

떠나가고, 잊히고, 잃고, 세상에 영원한 건 없다. 마음 같아선 가지 말라며 붙잡고 싶은 순간들이 많지만, 그럴 겨를도 없이 찰나를 말하며 처연하게 사라진다. 어차피 사라질 순간들 덧없다고 여길지도 모르겠다. 하지만 영원하지 않아서 영원할 수 없어서 더욱 값진 일들이 있고 더욱 찬란한 날들이 있다. 우리의 젊은 시절이 그렇고, 우리의 오늘이 그렇고, 우리의 삶이 그렇다. 아직 늦지 않았다. 결심을 담은 외마디를 뱉어본다.

"잊히는 모든 순간을 사랑해야지."

애,정

이상하게도 우리는 익숙함이라는 감정을 느끼기 시작하면 사랑이 아니라 정이라고 말한다. 꽤 오래전 기억인 것처럼 "지금은 정이지…"라며 정을 사랑 보다 낮춰 표현한다는 뜻이다. '정'이라는 단어 앞에 '애愛'가 빠져있는 줄도 모르고. '정'이라는 단어 안에 '애愛'가 사는 줄도 모르고.

사향

- 사람의 향기

영화 관람을 마치고 나면 돌연 그런 순간을 맞을 때가 있다. 쉽게 일어날 수 없는, 뒷맛이 느껴지는 순간. 스크린에는 이미 엔딩 크레딧이 올라가는데 진한 여운이 가시질 않아 감명을 넘어 먹먹한 기분이 드는 순간 말이다. 그럴 때면 자리에 가만히 앉아서 지나온 장면들을 복기했다. 그 과정에서 꼼짝없이 나를 붙잡아 두는 이유를 찾아 더듬거렸다.

같은 온도의 경험은 아니지만, 가끔 나는 이런 일을 타인과의 관계에서도 경험한 적이 있었다. 관계의 종말 가장자리에서 차마 발이 떨어지지 않는 느낌이라고 말해야 할까. 남기고 간 감정의 농도가 짙어, 그 여운에 자꾸만 미끄러져서 일어서지 못하는 느낌이라고 말해야 할까. 그럴 때면 함께 해왔던 장면들이 주마등처럼 머릿속을 헤집고 돌아다녔다. 곧 고엽이 되어버릴 상실의 결에 반쯤 기대어 가장 합리적인 구실 따위를 줍기 위해.

사람이 가지고 있는 오감 중 은근히 예민한 감각이 있다. 바로 후각이다. 처음 맡아본 냄새나 강렬한 냄새 분자가 후세포를 자극하면 신경이 섬세하게 반응하여 냄새를 감지하게 된다. 그런 이유에서일까, 누군가를 떠올리는 일 그리고 어떤 시절을 불러내는 일이 특정한 향에 의해서 발생한다고 믿었던 날이 있었다. 나는 이것을 사람의 향기를 맡는 일, '사향'이라 불렀다.

오래전 일이지만 후각에 관련된 이야기가 슬며시 떠오른다. 사람이란 존재가 기억의 발화로 인해 망각이 짙음에도 불구하고 여태껏 기억하는 걸 보면 흘리듯 지나가는 말로 들었지만, 꽤 인상 깊게 내 기억 속에 각인되었나 보다.

이야기는 이렇다. 한 가지 향수만 뿌리고 나오던 사람과 만난 적이 있었는데 만남이 오래되면서 그 향에 익숙해져 버렸다고. 그 사람과 오순도순 연애를 이어가다가 결국엔 연이 다해 끝을 맺었다고. 시간이 지나고, 어느 날 길을 걷는데 문득 그 사람의 향이 맡아져서 나도 모르게 돌아본 적이 있었다고. 우스갯소리로 누군가의 기억에 오래 남는 가장 좋은 방법은 한 가지 향수만 쓰는 일인지도 모른다는 말도 덧붙였다.

여운이 짙었던 사람이 홀연히 떠난 자리에는 그 사람의 체취가 깊숙이 남아있다. 그만큼 서로가 서로에게 애착과 순애와 같은 여운을 곳곳에 남겼다는 뜻일 것이다. 계절이 바뀌고, 낯선 길가에서 무심코 익숙한 옛 연인의 향기가 느껴질 때면 사향에 이끌려 그곳으로 우리의 시선이 향하는 것도, 그곳으로 우리의 몸이 돌아서는 반응을 보이는 것도 다 이런 사연으로 이어질 것이다.

나에게도 향에 대한 일화가 있다. 아파트 화단 쪽에서 한바탕 소란이 발생했다.

"이봐 아가씨! 우리 애들이 뭘 잘못했다고 그렇게 혼을 내!"

"애들이 돌 던졌다고요. 하지 말라고 말해도 계속 던졌다고요. 주인도 없는 개잖아요. 얼마나 무섭겠어요."

"애들이 아니라고 하잖아! 아가씨가 제대로 본 거 맞아?!"

"저기 아줌마! 제 눈이 해태에요!!! 제가 다 봤다고요!"

연륜 앞에도 기가 죽지 않는 익숙한 목소리, 모든 감각이 나의 눈으로 쏠렸다. 당신이었다. 참 당돌한 사람, 그러면서도 정말 순수했던 사람, 연약한 존재들을 보면 지나치지 못했던 사람. 저런 모습을 보고 마음을 내어줄 수밖에 없었던 적이 있었지, 내심 반가우면서도 피식하고 웃음이 나왔다. 첫 만남의 향수가 떠올랐기 때문이다. 그때도 참 웃겼었지, 여전히 당신은 그대로구나.

한 가지 의문이 뭉게구름처럼 머릿속을 부유한다. 나는 여태 지나온 사람들에게 어떤 향으로 다가갔던 사람이었을까. 생각의 추를 올리고 시간에 기대어본다. 마음 같아선 그리운 고향을 불러내는 향수를 가진 사람이 되고 싶은데 나는 그런 사람이었을까. 나는 앞으로 만나게 될 사람들에게 어떤 향을 지니고 다가가는 사람이 되어야 할까. 내가 나를 맡아본다. 사유의 틈을 뚫고 가장 궁금한 아른거리는 잔향이 코끝에 묻어났다.

'나도 당신의 눈짓을 잠시 멈추게 하는, 그런 향을 가진 사람이었을까.'

노부부

‘아, 늦었다’

늦장을 부려 친구들과의 약속에 늦게 생겼다. 채무자에게 빚을 받으려는 채권자의 독촉처럼 친구들의 전화가 계속해서 울린다. 부리나케 준비를 마치고 아파트를 나오는 길이었다. 곳곳에 잔설이 남아 있는 후문을 지나고, 내 앞에 곱상한 노부부의 모습이 눈에 들어왔다. 할머니는 곱게 빗은 머리에 말쑥한 옷차림 단정한 걸음걸이를 하고 있었고, 할아버지는 품이 넓은 옷가지에 걸음걸이가 약간 기우셨다. 한 손은 지팡이를 짚고 있었고 다른 한 손은 할머니의 부축을 받고 있었다. 부축보다는 ‘할머니의 손을 의지하고 있었다’가 더 맞는 표현이겠다.

급한 나의 마음처럼 분주한 내 걸음과 여유가 널린 노부부의 여백이 묻은 걸음에 우리의 간격은 점점 좁혀져 갔다. 거리가 가까워지고 나의 달팽이관을 자극하는 말이 오고 갔다. 어떤 문장이 있었는데 말의 깊이를 가늠할 수 없는 게 일품이었다. 노부부가 나누는 대화를 모두 못 들었다는 게 아쉬웠을 정도였다. 이어폰을 귀에 걸고 자체 배경음악을 들으며 세상의 소리를 닫고 쏘다니는 경우가 허다했지만, 정신없이 나온 탓에 이어폰을 챙기지 않은 나 자신을 칭찬했다. 느긋한 그들의 걸음걸이와 비슷하게 할아버지의 입술이 느린 곡조로 연주되었다.

"우리 약간 늦게 갑시다. 혹시 위에서 누군가 불러도 약속에 늦은 사람처럼 늦게 갑시다. 걷기만 하면 내 남은 손이 한 손밖엔 없는데, 그 손을 둘 곳이 당신이라면 좋겠소. 고맙고 미안하구려."

느닷없이 마음이 허물어진다. 사랑을 가하고 사랑을 입혔다. 가애愛자는 할아버지, 피애愛자는 할머니. 방금 나는 현장의 목격자가 되었다. 사랑이라는.

확언을 즐기지는 않지만, 지금 내가 목격한 이 장면이 사랑이 아니라면 단언컨대 세상에 존재하는 모든 사랑은 부정으로 귀결될 것이다. 훗날 누군가가 나에게 사랑이 무엇이냐고 자문한다면 나는 이런 말을 하지 않을까, 싶다.

"남은 손이 한 손밖에 없는데 그 손을 둘 곳."

여행을 가면 진종일 그곳에서 즐거움을 만끽하는 것도 다분히 의미가 있겠지만, 저녁노을이 질 즈음 아쉬움을 남기고 돌아서는 여행이 더 기억에 남는 법. 넘치지 않는 것들은 늘 여운을 불러오니 절제의 미학을 실천하기로 했다. 낙조 질 것만 같은 그들의 대화를 방해하고 싶지 않아 걸음을 멈추고 핸드폰을 켰다. 메모장을 열고 습작과도 같은 제목 없는 시의 초석을 적어 내려갔다. 오늘 우연히 마주한 사건 현장의 진술을 조목조목 고할 작정으로.

무제無題

나는 다리가 세 개
서쪽으로 유기된 사람

당신 손금 타질 않으면 내 몸
당신에게 기울어지질 않네

길고양이처럼 갈 곳 잃은 내 한 손
딛는 곳, 당신 보였으면 좋겠네

슬픈 눈을 가진 사람

'첫 단추를 잘 채워야 한다'라든지 '시작이 반이다'라든지 처음이 중요하다는 말이 많다. 이처럼 사람 간의 만남도 첫인상이 중요하다고 한다. 맞는 말인 것 같지만, 사실 난 이 말을 전적으로 신뢰하지는 않는다. 좋게 말하면 조심스러움이겠고, 나쁘게 말하면 까탈스러움이 되겠다. 이유가 있다면 목을 길게 빼고 눈썹의 숱을 치고 정말 오래 봐야 본연의 모습을 보이는 사람들이 있기 때문이다.

항상 밝은 사람. 함께하는 이들에게 활력을 주고 같이 있으면 웃음이 끊이질 않는 사람. 물론 천성적으로 유하고 쾌활한 사람일 수도 있겠지만, 유독 그런 사람이 보일 때가 있다. '웃고 있지만 슬픈 눈을 가진 사람' 자신의 사연을 눈동자 속으로 감춘 채로 일상을 지내는 사람. 지인들과 헤어지고 본인의 방에 들어서야 본연의 모습을 내보이는 사람. '체념, 단념, 좌절, 절망'과 같은 과거의 아픔을 말려 방구석에 있는 건조대에 걸어 놓은 그런 사람 말이다. 관심을 가지고 주변을 잘 살피면 슬픈 눈을 가진 사람이 뜨문뜨문 보인다.

'불멍'이라는 걸 하다 보면 활활 타오르는 매력적인 모습에 흠뻑 빠지게 된다. 그 매력에 취해 우리는 불이 줄어들면 불길 사이로 장작을 휙휙 집어넣는다. 하지만 사람을 대할 땐 관계의 불이 줄어든다고 섣부르게 장작을 넣어선 안 된다. 관계의 불이 작은 불씨로 변해가는 모습을 아주 천천히, 상대방이 조급하지 않게 은은하게 바라볼 줄 알아야 한다. 이윽고 그 사람 속내에 가라앉아있던 남겨진 재들이 보일 것이다. 그 남겨진 재들이 그 사람이 숨겨 놓은 아픈 이야기이다.

만약 우리가 어떤 누군가의 남겨진 재를 볼 수 있게 된다면, 또 하나 알 수 있는 게 있다. 바로 '나 자신'이다. 남겨진 재를 품어줄 수 있는 사람인지, 남겨진 재를 품어낼 수 없는 사람인지. 나라는 사람의 정량을 알게 된다.

문득 새신랑이 될 나의 친구와 나누었던 이야기가 떠오른다. '이 사람이라면' 했던 순간이 언제였냐고. 어떤 이유로 너의 아내가 될 사람과의 결혼을 결심하게 됐냐고. 특별한 계기가 있었냐고 내가 물었다.

"뒷걸음질 칠 거라는 의심이 없어서."

"무슨 말이야 그게?"

"이 사람이 슬플 때면 뒷걸음질 치며 도망가는 게 아니라 곁을 지켜줘야겠다는 생각이 들어서. 그리고 이 사람이면 내가 슬플 때 어디 가지 않고 곁에 있어 줄 것 같다는 믿음도 있어서."

"오래도록 행복할 것 같다가 아니라 앞으로도 서로의 슬픔을 마주할 수 있을 것 같다? 그 말이네."

"그게, 내가 살아보니까 행복은 정말 잠깐이더라고. 거짓 조금 보태면 눈 감았다가 뜨면 사라지는 찰나에 불과해. 근데 슬픔은 혼자 두면 오래가. 다만 슬픔을 알아주는 단 한 사람만 있더라도 조금은 괜찮아지더라고. 그 사람이 나에게 그런 사람이거든, 의심 없이 나 또한 그런 사람이 되어줄 수 있고."

사랑한다는 말은 누구나 자유롭게 할 수 있지만, 언제 뱉느냐에 따라 전해지는 감동이 달라지기 마련이다. 행복할 때 전하는 사랑한다는 말보다 상대방의 슬픔을 알고도 사랑을 말할 수 있다면 신이라고 할지언정 그 사랑을 종착역으로 쉽게 보낼 수 없을 것이다. 슬픔 위에 위로가 올려져 전보다 더 견고한 관계의 기틀이 마련될 것이다. 그래, 어떤 사람의 과거의 비극을 현재의 희극으로 만들어 줄 수 있다면 그 사랑은 쉽게 무너지지 않을 것이리라.

"슬픔은 혼자 두면 오래가."

이 말에 자꾸만 왼쪽 가슴이 결렸다. 슬픔은 아무런 예보 없이 우리의 삶을 공습한다. 그렇게 침투한 슬픔은 꽤 오랫동안 살아남아 우리를 주저앉게 만들기도 한다.

나는 어떤 사람일까. 눈에 설핏설핏 슬픔이 비칠 때면

못 본 척 머뭇거리며 다른 말로 배회하는 도망자에 불과할까. 그게 아니라면 슬픔에 침식되어가는 가련한 심장을 다시 뛰게 만드는 구원자가 될 수 있을까.

지난날, 함부로 사랑을 말했던 날들이 있었다. 상대방의 슬픔을 알려고도 하지 않은 채로 그저 나만을 위한 위선적인 사랑에 불과한 날들이 아니었나, 싶었다.

한숨

평화롭기를 바랐다. 이 세상의 평화, 세계인의 평화처럼 대단하고 거창한 평화가 아닌 주위의 삶에 평화가 찾아오길 바랐다. 은은히 퍼지는 윤슬처럼 하루가 고요를 이루고, 은은한 유광이 우리를 아름답게 비추길 바랐다는 뜻이다.

햇볕이 거리를 걷기도 전에 일어난 날이면, 이불을 털고 아파트 놀이터에 있는 철봉으로 간다. 그쯤이면 머리는 백발이고, 지팡이를 짚으시던 할아버지와 머리를 곱게 빗은 할머니가 매일 산책을 나오신다. 언젠가 할아버지는 나에게 "젊은 친구가 오늘도 일찍 나왔구려"라는 말을 하며 "허허" 웃으시곤 할머니의 손을 잡곤 다시 "허허" 하셨다. 사실 그전에도 그들을 본 적이 있었지만,

그때부터 우리의 인사는 시작됐다.

작년쯤인가, 곁눈질로 힐끗거리며 노부부를 관찰한 날이 있었다. 그들은 주로 아파트 외곽을 돌았다. 곱게 포장된 시멘트 블록 위를 걷는 것보다는 흙과 나무가 정갈히 자리 잡은 비포장길을 선호했다. 그 둘의 발맞춤은 마치 둘만의 정원을 거닐듯 찬찬히 나부낀다.

한 발,
한 걸음,
살포시.

그런 그들을 보고 있자면 두 사람의 사랑과 삶은 서두름 없이 느긋하게 서로를 바라보지 않았을까, 라며 그들의 과거를 몰래 점쳐보기도 했었다. 그런데 언제부턴가 번번이 할아버지 혼자 나오신다. 다소 남루한 옷차림으로. 할머니의 안부가 궁금해 "여사님은요?"라고 물으려다 "나오셨네요?"라고 말을 바꾼다.

간단한 인사를 주고받고 그는 둘이 걸었던 길을 홀로 걷다가 멈추기를 반복하더니 한숨을 "후…" 하고 뱉으시곤 지팡이로 한참을 땅만 짚으신다. 흘려놓은 무언가 있는 것일까. 아니면 남겨진 무언가를 찾는 중일까.

'후후….'

이른 아침, 늦은 새벽바람이 차다.

첫눈의 기원

겨울에 태어났고, 사계 중에서 겨울을 가장 반긴다. 눈이 내리는 날은 환장하며 밖으로 나간다. 풋눈, 가랑눈, 함박눈 등 여러 종류의 눈이 있지만, 그중에서도 한 사람의 눈이 다른 사람의 얼굴로 내리는 순간을 편애한다. 이때 다른 의미로 첫눈이라는 말이 탄생하기도 한다.

세상이 감동으로 느껴지는 순간

쓸데없이 흩어지는 장면들에 정을 준다. 방파제에 파도가 부딪혀 포말이 일어나는 형태라든지, 바람에 꽃잎이 흩뿌려지는 모습이라든지, 은은한 가로등을 배경으로 하얀 눈이 흩날리는 장면이라든지.

오늘은 내가 좋아하는 장면 중 하나에 해당하는 날이었다. 집을 나오는 길, 거리 위로 조용하게 함박눈이 내리고 있었다. 나는 겨울에 대해 두 가지 비밀을 알고 있다. 하나는 과학적으로 타당한지는 모르겠으나, 조용하게 함박눈이 내리는 날은 대기가 온화하게 느껴진다는 것이다. 거리를 보니 이미 나보다 먼저 따뜻함을 만끽하고 간 사람들의 자국이 보인다. 오순도순 정갈하게 찍혀 있는 두 쌍의 발자국. 차림새를 보아하니 연인이었을 것이리라.

잠시 사랑하는 사람에 대해 곱씹어 본다. 사람이 누군가를 사랑하게 되는 순간, 세상에 존재하는 모든 만물이 감동으로 다가온다. 사람에 따라서 잔잔할 수도 있고, 벅찰 수도 있다. 새벽을 채우는 달빛의 이름으로. 아침을 기다려지게 만드는 별의 목소리로. 저녁을 보고 싶게 하는 낙조의 눈짓으로. 아름다운 세상의 중심에 당신을 바라보는 내가 있고, 나를 바라보는 당신이 있는 일. 정말이지 누가 들으면 우습게 들릴 수도 있겠지만 노려만 보던 세상을 바라보게 됐다는 그 일 하나만으로도 내가 당신에게 사랑을 말해야 하는 이유로, 모자람이 없었다.

어쩌면 말이다, 세상이 감동으로 보이게 되는 순간은 서로가 서로에게 연정을 품고 있다고 느끼는 순간이 아니라 서로의 시선에 서로가 들어왔던 그 첫 순간. 그때부터 감동은 이미 시작됐었는지도 모를 일이다.

미리 다녀간 발자국을 따라서 소복이 쌓여있는 눈을 밟으며 거리를 걷는다. 차갑지만 따뜻한, 발아래에서 느껴지는 낯선 이 촉감이 좋다. 아, 두 번째 비밀을 말하는 걸 깜빡했다. 두 번째 비밀이 뭐냐면, 소복이 쌓인 눈 위로 발자국을 찍으면 빗자루로 쓸어도 그 자리는 잘 쓸리지 않는다는 것이다. 어떤 사람의 마음에 깊은 자취를 남기면 지우려 해도 여간 지워지지 않는다고 말해주듯이.

오늘은 아무도 걸어간 흔적이 없는 눈밭 위에서 누군가와 나의 발자취를 남기고 싶은 밤이었다.

눈 오는 날의 동화

지난겨울 눈이 많이 내렸던 날 지하철에 몸을 실은 적이 있었다. 때마침 퇴근 시간대에 겹치지 않아 자리가 있었다. 차가워진 손을 동그랗게 말고 입으로 호호 불었다. 자리에 앉아 얼은 몸을 녹이던 중 맞은편에 앉아 있는 한 노부부의 모습에, 내 눈이 꽤 오랫동안 매료되었다.

이어폰을 서로의 귀에 나눠 끼어놓고는 음악을 듣는, 꼭 젊은 연인들이나 하는 모습을 하고 있었기 때문이다. 두 눈을 감고 있는 모습도 잠에 빠진 모습이 아니라 잠시 음악에 몸과 마음을 녹이는 모습인 것만 같았다. 그 아래로는 다소곳한 두 다리 사이로 젖은 우산이 놓여 있었다. 눈을 피하고자 쓰였던 것 같다.

음악을 듣는다는 것은 언제부턴가 우리의 일상 속에서 뗄 수 없는 부분이 되었다. 무념무상으로 음악을 감상하기도 하지만, 때론 음악은 누군가의 이야기가 되기도 한다. 사랑하는 사람을 떠올리게 하고 그리운 사람을 불러내기도 한다. 어떤 날에는 행복했던 시절을 보여주기도 하고 애잔했던 시절로 보내주기도 한다. 어떤 자리에서는 흥을 돋우기도 하며 어떤 공간에서는 내면을 적시기도 한다. 이렇게 음악은 한편의 서사가 되어 유유히 우리의 귓속을 여행한다.

이제 내가 눈길을 거둘 때쯤 꽁꽁 얼어버린 겨울을 봄으로 만들어버리는 동화 같은 상황이 벌어졌다. 할머니의 손등 위로 할아버지의 손이 살포시 얹어지는 것이 아닌가. '이른 봄이 왔다'라는 말이 있다면 저 모습을 보고 하는 게 아닐까, 싶었다.

지금 저 노부부는 음악과 함께 어느 곳을 여행하고 있을까. 청춘이었던 시절을 함께 걷는 중일까. 그것도 아니라면 앞으로의 다짐을 말하는 모습일까. 만약 저 상황에 대사가 있다면 "오래도록 당신과 함께 여행하고 싶소"

라는 말이 어울릴 것이다.

쏜살같이 흐르는 세월 앞에 겉치장의 색은 바래졌어도 내면의 색은 변하지 않는 모습으로 한결같이 서로를 보듬어 주는 것. 그것이 익어가는 사랑의 참모습일 것이다. 여하튼 세찬 겨울날이었지만 짐작하건대 그들은 남들보다 조금 이르게 맞이한 완연한 봄날을 유람하는 중일 것이다. 눈 오는 날의 동화였다.

행복의 출처

크리스마스가 되려면 달력의 몇 칸을 더 옮겨야 하지만,.거리에는 캐럴이 잔잔하게 울려 퍼지기 시작한다. 따뜻한 노래를 가만히 듣고 있으면 거리의 악사가 되어 흐르는 음률을 따라 콧노래를 흥얼거려보기도 한다. 사람들의 옷은 갈수록 두꺼워지지만, 거리의 나무들은 점점 옷을 벗는 그런 날이다. 그렇다, 연말이다.

친구들과 망년회를 가지는 주말, 각자 본인의 일을 마치고 어릴 적 본연의 모습으로 하나둘씩 약속 장소로 모였다. 그중에선 자주 만나는 친구들도 있고, 일에 뭉개져서 사느라 오랜만에 얼굴을 마주하는 친구들도 있었다. 자주 보건 아니건 상관없이 어린 시절이라는 한 페이지를 함께 적어 내려간 사람들이어서 그런지는 몰라도 언제나 정감이 가는 얼굴들로 가득하다.

서로 맞물려있는 기억의 영사기를 돌려 추억을 호출해 낸다. 화두로는 학창 시절 얘기를 시작으로 끝머리로는 제법 어른스러운 이야기를 나누었다. 각자의 철학이 조미료처럼 담긴 행복에 관해서.

먼저 한 친구가 올해는 마음 놓고 웃어본 적이 없다며 마음껏 웃어보고 싶다고 운을 띄웠다. 쉬는 날이면 침대에 누워 늦잠도 자고, 마음이 맞는 사람을 만나 연애도 해보고, 나만의 시간을 가지고 싶지만, 앞에 보이는 빛을 향해 달려가기만 해서 정작 자기 자신에게 신경을 쓰지 못했다고. 소소한 행복을 찾고 싶다며 마침표를 찍는다. 이번엔 다른 친구가 말했다. 자기는 너무 소소한 행복만을 느꼈다고. 자주 웃는 일도 좋은데 한 번은 크게 웃고 싶다고. 이제는 자신도 작은 행복 말고 큰 행복을 바란다며 술잔을 비우며 속에 담아 두었던 마음을 비워내는 것 같았다.

친구들의 이야기를 듣던 중 행복에 대해 곱씹어 본다.

행복이란 무엇일까. 도대체 행복이 무엇이길래 어린아이, 어른을 막론하고 목표라는 선을 그리고 그곳에 목적지라는 점을 찍게 되는 것일까.

한 친구는 일상 속에 가려졌던 소소한 것들 속에서 행복을 원했으며, 다른 친구는 배가 째지도록 만끽할 수 있는 큰 행복을 원했다. 이처럼 세상에 존재하는 행복의 모양도 크기도 제각각이다. 어떤 행복은 고요하게 다가올 것이며 어떤 행복은 전율과 함께 밀려올 것이다. 하지만 행복의 본질은 같다. 행복이라는 감정의 출처를 찾아보았을 때 모두 사랑에서 비롯됐다는 것이다. 대개 요즘 행복하지 않다고 느낄 때면 나 자신 또는 타인을 사랑하지 않고 있었던 경우가 비일비재했다. 나를 사랑하는 삶이건 타인을 사랑하는 삶이건 상관없이 사랑이 빠진 행복은 세상에 존재하지 않을 것이리라.

말하는 순서가 정해진 건 아니었지만, 이제 돌고 돌아 내 차례가 왔다. 모든 눈과 귀가 나에게 쏠리는 간질거리는 순간.

"사실 나는 행복과 같은 철학적인 이야기는 모르겠다. 근데 요즘 내가 느끼는 행복은 이거야"라는 말과 함께 당신과 나란히 앉아 있는 사진을 보여줬다.

겨울 바다

바다를 좋아한다. 바다에도 종류가 있는데 그중에서 눈이 내리는 겨울 바다를 가장 편애한다. 기회가 된다면 세상에서 가장 편애하는 당신을 그곳에 데려가고 싶다. 사람은 익숙한 곳이나, 좋아하는 장소라면 없던 용기도 생겨난다고 하지 않았던가. 그곳이라면 당신 앞에만 서면 망설임에 걸려 넘어졌었던 나의 용기도 일으켜 세워 그 어떤 말도 당신에게 전할 수 있을 것만 같다.

그해 겨울

그해 연안을 감싸는 서로의 긴 침묵 속에
자유로운 사색과 어색하지 않은 안온함이 있었다.

그러다 서로 해야만 하는 말이 떠오른 듯
긴 정적을 깨는 찰나의 순간순간마다
자꾸만 서로의 말이 부딪치기도 했다.

저기, 저기.
먼저 말해, 먼저 말해.

바다의 고백

오르막길을 오르는 것보다 순탄한 평지를 걷는 것을 음미한다. 취음이 짙은 산보다 푸른 여백을 느낄 수 있는 바다를 더 애정한다. 그렇다고 산을 싫어한다는 말은 아니지만.

산과 바다. 두 자연 모두 각자의 매력을 갖고 있지만 조금 더 나를 매혹하는 것은 햇빛 한 점 없는 겨울 바다이다. 눈으로 덮인 백사장이라면 사족을 못 쓰고 더욱 매료당하고 만다. 화사한 바다보단 고적한 바다를 좋아하는 탓이고, 자유로운 사색을 즐기기엔 그만한 곳이 없다는 이유 또한 있다.

또 마른 장작이 필요한 '불멍'이라는 것에도 느른히 마음을 편하게 만들지만, 나는 '물멍'이 몸에 더 맞는 사람이다. 가끔 삶에 갈증을 느낄 때면 "바다 가고 싶다" 말하는 것도, 그 갈증을 이기지 못해 남들 몰래 해변을 걷는 것도, 이 이유일 것이다. 물론 이것만으로 해결할 수 없는 또 다른 삶의 갈증도 있겠지만 말이다.

해변에 도착하면 알싸한 갯내가 먼저 반겨주고, 바닷소리가 귀속에서 드넓게 퍼진다. 이제 백사장에 하릴없이 나를 놓아두면 두 눈으로 전부 담을 수 없는 바다와 작은 몸으로는 전부 포용할 수 없는 하늘이 있다. 그 모습을 보고 있자면 "낭만적이네"라는 말이 안 나올 수가 없다. 여기저기 반쯤 깨진 패갑들이 고른 것 같지만, 고르지 않은 모래사장 사이사이에 숨어있고. 파도는 잠깐 왔다가 이내 다시 가버리는, 쉴 새 없이 부서지며 흩어지고 있다. 백사장에 가만히 앉아서 수평선 어딘가에 시선을 둬도 그림 같은 풍경에 마음마저 연해지고, 부서지는 파도와 함께 연안을 걸으면 지독하게 서투른 사람도 괜찮은 사람이 되곤 한다.

해변을 거닐 때마다 느끼는 게 있다. 바다는 늘 낭만을 부른다. 낭만을 말하면 오로라 빛 바다가 떠올려진다. 언젠가 낭만의 어원이 궁금해 그 출처를 찾았던 날이 있었다. 꽤 긴 이야기가 나오는데 근원적인 이야기를 간략하게 줄이면 프랑스어 'romanz'에서 기원했다고 한다. 이것을 일본 소설가가 음만 따와서 낭만으로 음차하여 그대로 굳어져 사용됐다고 한다.

로망을 낭만으로 음차한 그 소설가를 나는 알지 못한다. 하지만 짐작할 수 있는 건 있다. 아마 그 사람, 바다를 정말 좋아했거나 바다를 자주 보러 다녔을 것이다. 단순하게 로망과 비슷한 소리를 찾아 낭만이라 받아 적은 것일 수도 있겠지만, 그윽하게 부서지는 파도를 보던 중 낭만이라는 말을 떠올렸을 것이다. 낭만이라는 말을 잘 살펴보면 나의 짐작이 확실로 설득될 수도 있겠다.

낭만을 쪼개보면 '물결 낭' 그리고 '흩어질 만'이다. 나의 독선일 수도 있겠지만, 일상에서 받을 수 없는 묘한 소망이나 이상을 바다에서 받아 그 소리를 낭만이라고 적었으리라.

흩어지는 물결을 보며 한참을 앉아 있던 중, 지난날 바다를 찾아왔을 때의 일이 어렴풋이 떠올랐다. 저 멀리 백사장 위에 둘만의 소망을 커다랗게 적고 그 아래 서로의 이름을 익살스럽게 쓰며 놀고 있었던, 그들만의 발자국을 꾹꾹 남기면서 세상을 다 가진 듯이 왁자지껄 웃고 있었던 어떤 연인의 모습.

백사장 위에 저렇게 무언가를 적는 이유는 언젠가 파도가 와서 그것을 지워간다는 걸 알고 하는 일이다. 다른 사람들은 모르는 둘만의 비밀 하나쯤은 만들고 싶어하는 게 연인 아니겠는가. 유독 해변에서 낙서를 즐기는 사람들이 많은 것도, 하늘에서 가장 잘 보이기에 소망을 적어 하늘에 부탁 아닌 부탁을 하는 이유 또한 있으리라.

나 역시도 누군가의 옆자리를 지키는 사람이었던 시절이 있었다. 그 당시에 같이 가고 싶은 바다를 눈에 담아두고 있었지만, 한곳밖에 가보지 못했다. 사람 인연이라는 게 단순하지 않아서 앞으로 어떤 일이 벌어질지 쉽게 단정 지을 순 없겠지만, 훗날 바다를 같이 보고 싶은 사람이 생기게 된다면 그때는 조금은 불편한 사람이 될 것이다. "다음에, 다음에"라며 미루고 아끼지 말고 같이 하고 싶은 일이 있으면 무작정 하는 사람이 될 것이라는 말이고, 같이 가고 싶은 곳이 있으면 막무가내로 가자고 말하는 사람이 될 것이라는 뜻이다.

언젠가 내가 담고 있기엔 버거운 말 하나쯤 생기게 하는 사람을 만나게 된다면, 나 혼자 다루기엔 힘에 겨운 감정 하나쯤 생기게 하는 사람을 만나게 된다면 별다른 대책 없이 말하고 건네줄 것이다.

"바다, 보러 갈래요?"가 아니라 무심히 "바다, 가자"라고 말하곤. 바다를 앞에 두고 당신의 손을 잡고 "사랑한다" 말할 것이다.

겨울 온도

새벽녘에 어떤 사람을 걸어 놓고 그리워하며
아침나절 그 사람을 사랑도 해보고

그리움의 차가움과 사랑의 뜨거움이 만나

꺼져가는 불에 장작을 더 넣어 불을 지피지 않아도
유구했던 겨울을 보내기엔 모자람은 없었습니다.

당신과 함께 춤을

- 사랑이 전부가 될 수 있을까요

사랑을 믿는 일을 잠시 멈추기로 다짐했던 날이 있었다. 사랑이라는 게 참 얄궂지 않던가. 수줍은 시선의 교환, 손과 손 사이에 안온함, 떨리는 목소리, 서로의 숨을 나누던 아득한 밤의 순간들이 고작 하나의 단어로 송두리째 앗아가지 않던가. 결국엔 발에 걸려 금방 넘어져 버리고 마는 허들에 가까우며, 잡으려 해도 잡을 수 없는 허상과도 같은 것이라 치부하기로 한다. 고로 사랑은 삶의 전부가 될 수 없다. 사랑이 전부가 되어선 위험하며 그 삶은 위태로울 수밖에 없다. 사랑 본연이 가지고 있는 고유의 성질이 불완전하기에, 경계의 바깥으로 우리를 데리고 가기에. 경계를 넘어가는 건 한순간이지만, 그곳을 나올 땐 오랜 애도의 시간이 필요하므로.

세상의 재촉이라고 하면 이해할까, 사랑만으론 삶을 살아가기엔 이 세상 또한, 너무 가파르다. 도태하지 않기 위해선 해야만 하는 일들이 큰 비중을 차지하고 있기 때문이다. 이런 이유여서일까, 세상을 살아오면서 일과 사랑 모두를 쟁취하려는 심보가 고약한 사람은 봤으나, 오로지 사랑이 전부인 이상한 사람은 본 적이 없다. 어른의 삶에선 그런 말을 함부로 했다간 현실감각이 떨어지는 철부지라며 손가락질을 받을 수 있고, 사랑이 밥 먹여 주냐며 나잇값도 못 한다는 비난도 감수해야 하기 때문일 것이다.

나는 나를 잘 모른다. 그렇다고 해서 나라는 사람을 탐구하려 하지는 않지만, 한 가지 나에게 궁금한 것이 있다. 사랑이 전부인 사람이 내 앞에 있다면 사랑에 대해 불신을 가진 나는 어떤 감각을 할까. 너무나 자연스럽게 저의 삶에선 사랑이 가장 중요하다고 말하는, 조금 이상한 사람이 눈앞에 있다면 부정의 눈초리를 보일까, 비난의 활시위를 당길까. 그게 아니라면 나, 다시 사랑할 수 있지 않을까. 피하던 눈을 그 사람에게 돌리고 옅은 미소를 띠며 주저하지 않고 경계의 바깥으로 발을 내딛지 않을까. 가감 없이 그 사람의 손을 잡고 작은 동심원을 그리며 또다시 어리석게 영원을 믿게 되지 않을까. 비겁하며 겁쟁이였던 모습을 벗고 말할 수 있지 않을까.

"당신과 함께 춤을."

어떤 꽃말

그해 우리가 머물고 떠난 자리에는 늘 꽃이 피어있었지,

하늘은 그 꽃의 이름을 사랑이라고 지어주셨었지.

봄의 단상

사는 게 사는 것 같지 않다며
존재의 부정을 느끼는 날
당신의 위태로움을 나에게
편히 기댈 수 있도록
다정을 안고 살아가야지

당신의 봄

다 그러지 않나, 싶었다. 나 자신이 사랑하는 사람의 보금자리였으면 좋겠다고. 걱정과 불안으로 이루어진 고된 하루가 나를 보면 편안해졌으면 좋겠다고. 이런 이유로 사랑하는 사람의 "나 힘들어, 보고 싶어"라는 말에 비마중 나가듯 헐레벌떡 마음의 우산을 챙겨 달려가고. 그 사람이 건네는 "네가 있어서 힘이 돼"라는 말에 세상을 다 가진 사람이 되기도 하고. 걱정과 불안의 밤비가 그 사람을 놓아주지 않을 때 우산을 씌워주며 널찍한 가슴으로 부드러운 잠에 빠질 수 있게 해주고. 그것이 사랑하는 사람에게, 또 나를 위해 좋은 사람이 되어야만 하는 가장 큰 이유가 되기도 하니까.

사람은 온실 속 화초의 삶을 소원하지만, 불행하게도

삶은 그렇게 호락호락하지 않다. 팍팍한 날엔 목을 축여도 메마름이 해소되지 않기도 하며, 지독하게 고달픈 날엔 떨쳐낼 수 없는 부정의 감정들이 찾아오기도 한다. 곁에 있는 사람에게 보란 듯이 슬픔이나 불안과 같은 부정들이 덮쳐올 때, 가빠지는 숨과 헐떡이는 마음을 차분하게 만드는 보금자리 같은 사람이라면 가진 게 그리 넉넉하지 않더라도 괜찮은 삶이었다, 자부할 수 있지 않을까.

어떤 날은 당신보다 먼저 봄을 만지고 싶었다. 슬픔과 닮은 겨울을 마치고 나온 당신의 이마 위에 나의 손이 올려지고, 가빠져 가는 숨이 차분해지기를 바라는 마음. 이 세상이 나를 바라보면 욕심이 많은 놀부처럼 보이겠지만, 아픈 당신의 심연을 치유할 수 있는 유일한 세계를 가지고 싶었다는 뜻이다.

사람은 빛을 보면서 살아야지

생을 이어가다 보면 알 수 없는 혼란기가 찾아오기도 합니다. 모든 흥미도, 모든 관심도, 모든 열정도 온도를 잃어버리고 모든 소용이 무용으로 종결하는 것만 같은 표류의 사각지대로 나의 몸이 올려지곤 합니다. 상황을 묘사하자면 무중력으로 이루어진 어떤 공간에서 붕 떠 있는 느낌. '방향이 없다'라는 문장이 더 옳은 표현일지도 모르겠습니다.

인생무상과 같은 덧없는 감흥이 찾아오고, 물리칠 수 없는 회의감에 침몰당하면 우리는 답을 받을 수 없는 질문을 던지기도 합니다. 이렇게 살아가는 게 옳은 것인지부터 시작해서 개울에 앉은 아이가 처연히 돌을 던지듯 채도를 잃은 의문들을 나에게 던지게 됩니다.

짙은 회색의 의문은 의심을 탄생시키며 곧 부정을 불러일으킵니다. 종국엔 불신이 담긴 '나는 왜 살까?'라는 존재론으로 치닫게 되고, 괴로운 조각이 탄생하기도 합니다. 마치 '로댕의 생각하는 사람'이 되어버리는 것이지요. 이런 괴로움을 안고 있는 당신이 있다면 말해주고 싶은 것이 있습니다.

그런 질문들을 마구잡이로 던지는 것을 보니, 자신을 사랑하고 있는 것이라고. 그러기에 더 나은 삶을 생각하고, 살아 숨 쉬는 삶을 소원하는 것이라고. 보탬이 될지는 모르겠지만, 물음과 답이 아닌 이유를 한번 찾아보라고. 도무지 이유가 보이지 않다면 옆에 노곤히 잠들어 있는 누군가가 있지 않냐고. 당신이 없다면 저 사람은 어떻게 살아가겠냐고. 거울을 한번 봐보라고. 누군가가 보이지 않냐고. 그게 당신이 살아갈 이유라고. 번화한 내일이 기다리고 있을 것이라고. 다 지나가는 불순일 뿐이라고. 곧 괜찮아질 것들이라고. 아픈 한철일 뿐일 거라고.

형식적인 위로라 불리겠지만, 말 못 할 고민과 남들은 모르는 아픔으로 아침이든 밤이든 어두운 방 안에서 이

불을 덮고 칠흑을 칠하고 있는 당신에게, 살얼음을 녹이는 봄 햇살을 주머니에 챙겨가서 방 문틈 사이로 몰래 넣어주고 오고만 싶습니다.

이따금 문을 열고 나온 얼굴을 서로 마주하게 된다면, 가냘픈 당신의 귀에 다가가 자그맣게 손을 오므리고 조용히 속삭일 것입니다.

"사람은 빛을 보면서 살아야지."

사랑의 언어

버릇에서 습관이 되어버린 일이 있다. 간직하고 싶은 감동적인 장면을 보면 곧장 핸드폰 카메라를 켜는 일이다. 아직 카메라 앞에 나를 두는 일은 익숙하지 않지만, 피사체를 담아내는 솜씨는 섬세해졌다.

처음에는 집 주변의 풍경 위주로 사진을 찍었다. '찰칵 찰칵' 소리와 함께 사진에 대한 나의 욕심이 점점 부풀기 시작하더니 바다와 같은 자연물로, 어떤 공간으로, 지금은 한 두엇 사람을 담아내는 일로까지 발이 넓어졌다.

사진에 대해 전문적인 교양이 넘치는 사람은 아니지만, 사소하게나마 알게 된 점이 있다. 내 눈에 보이는 장면과 렌즈에 담기는 장면이 다르게 나올 수도 있다는 것이다. 어떤 날은 심사숙고하면서 셔터를 누르지 않아도 실제 모습보다 더 아름답게 피사체가 담길 때가 있었고, 어떤 날은 감탄사를 연발하게 만드는 아름다운 장면이라 할지언정 렌즈에 담기는 모습은 그렇지 않은 때가 있었다. 전자의 경우에는 별 상관없지만, 후자가 문제다. 이 문제를 해결하기 위해 나는 초점거리와 각도를 바꿔보기도 했었지만, 이렇다 할 대안을 내놓지 못한 채 그저 아쉬운 마음을 털어내는 수밖에 없었다.

오늘은 교외 공원을 찾았다. 평일이라 그런지 공원의 발소리가 4분의 4박자로 들린다. 간결하고 단조롭다. 공원을 초연하게 품고 있는 오후의 볕을 등지고 카메라를 켰다. 공원 머리에서부터 중추까지 잇는 호수에서 한 장. 외딴섬을 품고 있는 호수에서 누각이 보이게 한 장. 공원 끄트머리에 있는 아이들이 헐레벌떡 뛰놀 수 있을 만한 잔디밭 위에서 한 장. 손위에서 찰카닥 소리가 빗발칠 때쯤 렌즈 위로 보이는 한 장면에서 잠깐 손을 멈췄다. 벤치에 아주머니와 아이가 나란히 앉아 있는 모습이다. 아마, 엄마와 자식이겠지.

그런데 뭔가 이상하다. 담소를 나누고 있는 모습인데…, 소리가 없다. 손만 바쁘게 움직인다. 손의 움직임이 간단한 수신호라고 하기에는 단호하지 않다. 순간 이런 문장이 뇌리를 스치고 지나갔다.

'아, 세상의 종소리를 듣지 못하는구나.'

잠깐, 아주 잠깐 그들을 카메라가 아닌 눈에 담았다.

'무슨 대화를 주고받고 있는 걸까, 어떤 말을 하길래 저렇게 세상을 다 가진 표정을 지을 수가 있을까.'

한 번은 아이가 엄마의 볼을 쓰다듬고, "엄마가 세상에서 제일 이뻐요"라고 말하는 것만 같은 웃음을 짓는다. 이번엔 엄마가 아이의 볼을 쓰다듬는다. "우리 아기가 세상에서 제일 이뻐"라고 말하는 것만 같은 미소를 보인다. 수화手話를 나누는 게 아니라 아름다운 수화繡畫 한 점을 공원에 그리고 있는 것만 같았다.

무지한 나라서 확실하진 않지만 작은 손동작으로 세상

에 존재하는 모든 말들을 담아내기에는 제한이 있지 않을까, 범위가 한정적이기도 하며 정확한 내용을 전달하기에도 어려움이 있지 않을까, 싶었다. 추측하건대 지금 저 둘 사이를 끈끈하게 잇고 있는 건 손이 아니라 사랑이니라…….

그 모습을 바라보고 있으니, 그릇된 실언을 남발했었던 어느 날의 내 모습이 떠올랐다. 오래전 지인들과의 술자리였다. "어떤 대상을 정말로 사랑하게 되면 말없이도 서로를 알게 되는 순간이 있어"라는 지인의 말에 "말이 없이는 상대방의 마음을 절대로 알 수가 없어, 그래서 대화가 필요한 거야, 서로의 마음을 전하기 위해서"라며 단정 지어 버렸던.

오늘 본 어머니와 아이의 모습은, 사랑은 말하지 않아도 알 수 있다는 말은 거짓이라고 단언했던 나를 반성하게 했다. 들리지 않는다는 장애는 그들의 사랑을 막을 수 없을 것이다. 말을 할 수 없다는 것도 그들에겐 전혀 문제가 아니었다. 물론 수어手語를 통해 언어 행위를 행하는 중이었지만, 단순히 언어를 하고 있다기엔 둘의 모습이 너무 고매했다. 서로의 마음을 나누고 있다는 말이 더 맞는 표현이겠다.

우리에게 익숙한 '엘리제를 위하여'를 작곡한 베토벤도 20대 후반부터 청력에 문제가 생겨 소리를 전혀 들을 수 없을 정도로 청력이 망가졌다고 한다. 소리를 듣지 못하는 일은 음악가에겐 치명적인 결점으로 다가왔을 것이다. 그런데도 그는 음악계에 수많은 명곡을 내놓았다. 베토벤이 청력을 잃었음에도 계속해서 작곡을 할 수 있었던 이유는 절대음감의 소유자여서 가능했다고 견해를 내놓는 전문가들도 있다. 하지만 나는 조금 생각이 다르다. 삶의 관점으로 보았을 때, 들을 수 없다는 비운에도 불구하고 베토벤이 음악을 그 정도로 사랑했기 때문이지 않을까, 조심스레 말을 놓아본다.

살아가다 보면 사진에는 담기지 않는 무구한 순간들이 있다. 정말이지, 그럴 땐 눈이라는 렌즈를 통해 가슴에 담는 수밖엔 없다. 오늘 난 오래 간직하고 싶은 장면 하나를 가슴에 담았다. 그런 순간들은 조용히 잠들어 있는 기억의 들판에 방생하곤 가만가만 영유하길 바랄 뿐이다.

눈꺼풀을 깜박인다.

'찰칵, 찰칵'

공원을 나오는 길, 사랑의 언어에 대해 고민해 본다. 어떤 사랑은 대화의 밀도가 사랑의 척도를 뜻하기도 하지만 어떤 사랑은 대화가 모든 게 아닌 사랑이 있다. 전자의 사랑은 침묵이 곧 독으로 다가와 오가는 말에 있어서 부재가 없어야겠지만, 후자의 사랑은 침묵마저 믿음으로 다가와 그저 함께하는 일만으로도 충분한 사랑이 된다. 사랑의 언어는 말과 말보다는 마음과 마음이 오고 간다고 묘사하는 게 더 어울리듯, 눈빛만으로도 서로를 알게 되는 순간이 온다는 뜻이다. 다만, 진실로 나만큼 상대방을 아껴줄 수 있을 때의 이야기이다.

사랑의 행방

전에는 이해까지 닿지 않아 행방이 묘연했던 일들이었지만 시간이 지나고 행방이 선명해지는 일들이 있다.

문이 닫혀있던 내 방을 아버지가 들어오시곤 나가실 때마다 문지방이 얄게 보이게 해놓고 나가신다. 텔레비전을 켜놓은 채로 잠든 어머니를 보시곤 조심스레 끄고 이불을 덮어주신다. 유년 시절, 종종 아버지는 어머니 없는 곳에서 나에게 "아빠가 없더라도 네 엄마 꼭 지켜줘야 한다"라며 이상한 소리를 내놓기도 했다.

시간이 지나고 좋아하는 사람이 생겼다. 처음으로 그 사람과 서울 구경을 마치고 고속버스를 타고 내려오는 길이었다. 내 옆에서 새근새근 잠든 당신이 보였다. 당신

머리말쯤으로 나의 어깨를 얕게 내리고, 나의 외투를 벗어 덮어주며 “나 만나고 있어? 잘 자”라며 듣지도 못하는 당신에게 이상한 소리를 하는 나를 볼 수 있었다.

아버지가 보내온 편지

디지털보다는 아날로그를 좋아한다. 아날로그를 좋아한다고 해서 시대에 뒤처지는 사람이라면 그런 사람이 되어도 상관없다고 여긴다. 요즘에는 시대가 시대인지라 전자책이라는 것도 생겨났지만 나는 종이책을 선호한다. 책장을 넘기는 손맛이 있달까.

헌책방을 들렀던 날이었다. 구수한 책을 고르고 펼치는 순간 짧은 편지가 꽂혀있었다. 작년에 쓰인 편지이고, 제주도를 두 번째로 같이 가게 된 연인에게 써준 모양이다. 내용은 이렇다. “제주에서 신명 나게 놀기”라는 말을 시작으로 “이번 여행은 우리만의 세상을 만들고 오기”라는 문장을 끝으로 마무리되었다. 지금처럼 우연히 남의 편지를 읽은 적이 종종 있었는데, 그들만의 비밀을 내가 본 것 같아 내심 짜릿하면서도 이게 이렇게 돌아다니고 있다는 뜻은 그들의 결말을 알아버린 것만 같아서 기분이 썩 좋지만은 않았다.

세상에는 버릴 수밖에 없는 소모성 물건들이 가득하지만, 편지는 다르다. 책상 서랍 한편에 고이 간직하는 경우가 많다. 만약 편지를 버리는 사람들은 둘 중 하나일 것이다.

"정이 없거나, 잊으려거나."

편지는 오래되면 오래될수록 그 안에 담겨있는 의미가 깊어지는 글이다. 편지는 한 사람만을 위한 유일한 글이며, 말로는 전하기 어려운 속마음을 놓아주고 담아내는 신기한 매력이 있는 글이다. 요즘엔 편지를 쓰는 사람이 거의 없을 것이다. 굳이 쓸 필요가 없다는 것도 이유가 될 수 있겠지만, 편지 외에도 주변 사람과 소통할 수 있는 창구들이 널려있기 때문일 것이다.

나는 예전 사람이 되고 싶었던 적이 있었다. 물론 지금도 예전 사람이라면 예전 사람이겠지만, 지금보다 더. 오늘날처럼 보내면 바로 회신이 오는 전자로 된 말이 아니라 한 땀 한 땀 한 사람의 마음이 고이 담긴 글자를 읽고 싶다는 뜻이다. 어쩌면, 편지는 사랑하는 사람만이 할 수 있는 오직 하나밖에 없는 특권일 수도 있겠다는 생각도 한다.

잠깐 책을 덮고 예전에 받았었던 편지들을 꺼냈다. 아무래도 편지를 가장 많이 받았던 날은 훈련소 시절이었다. 그중에서 가장 기억에 남는 편지가 있다. 아버지가 나에게 보내온 소식이다.

"그제는 새벽부터 부슬부슬 비가 내리더니 어제는 안개비가 자욱하게 메우고 있단다. 봄 가뭄이 심하다고 하던데 한편으론 다행이다. 오늘은 비 소식은 없고 다른 소식이 있다. 하얀 꽃이 세상을 향해 메아리치는 그런 순간! 목련꽃이 너무 이쁘게 피어서 사진 하나 찍어 네 엄마에게 보냈다. 봄이면 이상하게 아빠는, 벚꽃보다 목련꽃에 눈이 더 가는데 그 이유는 모르겠구나. 지금 이곳은 하얀 목련의 물결이 넘실거리고 있단다."

오늘 나는 이 편지를 읽고 끝머리에 이런 말을 적었다.

'봄바람에 실어 보내준 사랑.'

단잠

남들은 모르게 슬그머니 찾아와 잠든 나의 새벽을 깨우는 이름이 있다. 들뜬 눈으로 입을 다문 채로 그 이름을 발음하면 곧 새벽녘이 자리 잡는다. 그럴 때면 물속에서 헤엄치는 어린아이처럼 새벽하늘 위로 손을 휘휘 젓곤 했다.

이제 당신을 보러 가는 길, 지난 새벽을 들키지 않도록 주머니 속에 꼭꼭 숨겨 놓고선 아껴놔야겠지만, 다시 찾아오는 오늘 새벽 또다시 선잠을 깨우는 당신의 이름을 애타게 기다릴 것이다. 이렇게 졸음을 보내고 매일매일을 지새우다 보면 당신을 만나는 날은 결국 나에겐, 단잠과 같은 순간이 될 것이다.

다정한 편견

나는 요즘 별것 아닌 것들에 다정함을 느낀다. 가깝게는 아침 햇볕이 창문을 통과해 넘실거리는 결이라든지, 집안을 돌아다니는 어머니의 구수한 된장찌개의 냄새라든지. 멀게는 아무도 밟지 않은 눈이 소복이 쌓인 거리라든지, 놀이터를 가득 채우는 아이들의 웃음소리라든지, 손을 잡고 걸어가는 노부부의 뒷모습이라든지.

사실 내가 사는 곳에도 손을 꼭 잡고 다니시는 노부부가 있다. 그들을 볼 때면 말랑말랑해진 감정선을 주체하지 못하는 순간도 있었다. 언제는 속을 편하게 터놓는 친구와 술자리를 가지다가 "나는 요즘 별것 아닌 것들에 눈이 가네, 오늘도 손을 꼭 잡고 길을 걷는 노부부의 모습을 보는데 괜히 몽글해지고 그런다. 뭔가 다정해서"라며 말을 했었다. 그 말을 듣더니 친구가 괜히 몽글해지고 그런 건 나이를 먹은 방증이라고 꼬투리와 핀잔을 줬지만, 신경에 거슬리지 않았다. 오히려 그게 참이라면 흰머리가 더욱 자라나도 괜찮을 것 같다는 엉뚱한 생각을 했다.

꼬투리와 핀잔에 이은 친구의 말이 있었는데 꽤 그럴듯한 말을 했다.

"별것 아닌 것들에 눈이 갈 때는 사람이 가장 취약할 때야. 삶에 지쳤다는 뜻이지. 사람은 잘 변하지 않는데 그때가 사람이 변하는 시기야. 지금 말고 나중에 시간이 지나서 별것 아닌 것들이 다시 별것 아닌 것들이 되었을 때, 그 다정함을 잊지 말도록 해."

툭, 하고 던진 친구의 별것 아닌 것들이 다시 별것 아닌 것들이 되었을 때 다정함을 잊지 말라는 말. 되새겨 보니 진부하지만 아름다운 삶으로 가는 지름길일지도 모르겠다고 느꼈다.

누가 들으면 그깟 다정만으로 삶이 변하냐고 물을 수도 있겠지만, 어떤 삶은 다정만으로도 살아갈 수 있으며 다정만으로 치유할 수 있는 삶이 있다고 반박할 것이다.

사람은 가끔 종이가 된다. 쪼글쪼글 어깨가 구겨지고 마음의 척추를 곧게 세워도 접힌 부분은 상흔이 되어 지워지지 않을 때가 있다. 아마 무력감이겠지. 경험으로 보았을 때, 한 개인에게 삶의 의지가 사라지는 무력감이 찾아오면 가장 먼저 놓아버리는 것들이 일상의 잔잔함이다. 밥을 먹고, 대화를 나누고, 청소하고, 씻고 하는 일련의 행위를 삶의 뒤안길로 방치해버린다. 덧없는 무력감에 지배당해 삶의 의지를 잃어갈 때 다정한 행동, 살가운 말 한마디가 무너져가는 한 개인의 일상을 지탱해주기도 한다. 때론 이런 생각도 해본다. 우리는 암묵적으로 입을 닫고 있을 뿐, 자신의 상흔을 지워주는 귀인을 기다리며 세상을 살아가는 것이라고. 천운에 따라서 생애 한 번쯤은 그 상흔을 지워주는 사람이 나타나기도 하는데 이때 우리는 사랑에 빠지게 된다고.

때론 대중은 관계의 발전에 대해 이런 말을 하기도 한

다. 배울 게 많은 사람이 좋다고, 내가 배울 점이 많은 사람이어야 사람을 얻을 수 있다고. 이 말에 대해 어느 정도 공감은 하지만 이해까지 와닿지는 않는다. 배울 게 많은 사람을 곁에 두는 일도 더할 나위 없이 좋겠지만, 나는 다정한 사람을 곁에 두고 싶다. 배움으로는 타인의 아픔을 안아줄 수 없지만, 다정으로는 타인의 아픔을 조금이나마 안아줄 수 있기 때문이다.

다정한 편견을 가지기로 했다. 내가 가지기로 한 다정한 편견은 이런 것이다. 마음만으로 되지 않는 일에 곤란했던 일상을 보내고 위태로운 하루의 끝에서 어떤 누군가를 만난다. 목멘 소리로 그 사람에게 푸념을 늘어놓던 중 고개를 들어 하늘을 올려다본다. 머피의 법칙인가, 하루가 지질맞으면 그 반대로 하늘은 고상한 자태를 뽐내고 있다. 마음과 하늘이 같은 모양을 하면 좋겠지만, 언제나 그랬듯 이런 날은 늘 다른 모양으로 움직인다. 한숨 반과 위안 반쯤 섞인 말로 당신이 말한다.

"웬일이래, 하늘에 별이 다 보이네."

어떤 사람은 당신의 그 말에 현실을 대답한다. 저거는 별이 아니라 인공위성일 거라고, 사실 이곳에서는 별이 잘 안 보인다고.

다른 사람은 당신의 그 말에 다정으로 화답한다. 별 반짝이는 게 너무 이쁘다고, 순하게 빛나는 모양이 꼭 너 웃는 모습 같다고.

소중한 사람들의 구겨진 하루의 끝을 곱게 펴주는 사람으로 남고 싶다. 그러기 위해선 어떤 사람이 아니라 다른 사람이 되어야겠지. 배울 거라곤 하나도 없이 쓸데없는 말을 자주 하는 주정뱅이 같겠지만, 술을 먹지 않고선 못 배기는 날이 찾아오게 되면 술 대신 나의 어깨가 있을 수 있도록. 사는 게 사는 것 같지 않다며 존재의 부정을 느끼는 날, 당신의 위태로움을 나에게 편히 기댈 수 있도록. 다정을 안고 살아가야지.

좋은 사람이라는 증표

한 번쯤은 기댈 수 있는 사람이 돼보는 건 어떨까요. 기댈 수 있는 사람이라는 말속에는 뜻깊은 의미가 여럿 있거든요. 그중 한 가지만 뽑자면, 곁에 있는 사람이 당신에게 기대는 게 어려운 일이 아니라면 이미 당신은 좋은 사람일지도 모릅니다. 어쩌면 그 일이 '좋은 사람'이라는 증표와 같을 수도 있겠습니다.

어떤 날은 잠시라도 좋으니

머리에 혼란스러운 소음들이 요란스럽게 울리고, 바람 잘 날 없는 하루들이 계속될 때. 삶의 무게에 짓눌려 아등바등 살아가는 것만 같고, 마음속 꽉 막힌 어떤 것이 도통 넘어가질 않을 때. "여행 가고 싶다"라는 말이 새어 나오곤 한다.

무던한 생활의 연속이었다. 햇수가 지나면 지날수록 도시의 건물들은 계속 높아져만 갔고, 그에 따라 피할 수 없는 일들은 쌓여만 갔다. 얼굴 주름이 깊어지면 깊어질수록 하고 싶은 일보다는 해야만 하는 일이 더 많아졌고, 해도 되는 일보다 하지 말아야 하는 일이 늘어만 갔다. 지치고 힘든 날의 연속이었고, 답답하고 외로운 날의 연속이었다. 외면의 생계를 꾸리는 일도 버거운데 머릿속 살림은 부지런히 불어만 갔다.

풀리지 않는 감정의 매듭을 풀고 싶었다. 무더운 여름날 시원한 콜라 한 잔을 마시며 갈증을 해소하는 일보다 더 간절하게 삶의 갈증을 풀어버리고 싶어 나는 “바다, 보고 싶다”라는 말을 입에 달고 살았다. 한마디로 기분의 전환이 필요했다.

그런 기분 있지 않던가? 여행을 떠나기 전날 밤, 분주히 짐을 꾸리고 여행을 미리 점쳐보며 설레는 기분 말이다. 여행길에 오르면 익숙했던 곳을 벗어나 낯선 공간을 간다는 생각에 마음이 춤추는 소리가 입으로 흥얼거리며 나오기도 하고. 항상 얼굴을 스치는 바람이지만, 얼굴뿐만 아니라 마음 한편까지 간지럽혀주는 것만 같고. 늘 눈을 찌푸리게 했던 햇볕도 웃는 얼굴로 만들어 주는 것만 같은 그런 느낌말이다.

익숙한 잿빛 고층 건물들과 꼬리를 문 자동차들을 뒤로한 채 시야가 확 트인 바다가 보이고. 걸을 때마다 정갈한 소리를 내어주는 백사장이 있고. 짠맛이 가득한 바다 냄새를 맡으며 짠 울먹임에 허덕였던 나의 지난날을 위로해 주기도 하는 그런 여행, 그런 전환.

어떤 날은 잠시라도 좋으니 나와 함께한 시간이 당신에게 여행으로 다가가길 바랐다. 괜한 노을 지는 감성에 젖어 사랑하고 싶은 사람을 생각하게 되고, 사랑하는 사람을 더 사랑하게 되는. 과거의 나에게 화해를 청해보기도 하고, 지치고 힘들었던 날들을 다시 견딜 수 있게 만들어 주는. 답답하고 외로웠던 시간을 모조리 하늘로 날려 버리고, 마음 편히 바람에 기대어 여유와 낭만을 즐길 수 있는 그런 여행 말이다. 낯선 이 여행을 즐기다 보면 새로움을 뒤로한 채 다시 일상으로 돌아가야겠지만, 이따금 삶의 갈증이 다시 느껴지는 날이면 잠깐 도망칠 수 있는 유일한 안식처가 되어주는 사람이고 싶었다. 좋은 사람이 되고 싶었다는 말이다. 너에게,

정오의 약속

컴퓨터 앞에서 작업을 하며 보내는 시간이 길어져서 그런지, 눈이 어지간히 나빠져 버렸습니다. 뭐, 시력이 아주 좋았다고 말할 수는 없었겠지만, 그렇다고 나쁜 편도 아니었는데 보였던 글자들도 흐릿하게 보일 만큼 앞이 캄캄해졌습니다.

사소한 걱정 하나가 있습니다. 멀리서 보이는 실루엣을 단번에 알아보고 환한 미소로 반겨주고 싶은 사람이 있습니다. 야속하게 근경조차도 잘 보이지 않아 눈을 얇게 뜨고 찡그리는 인상을 먼저 보여줘야만 합니다. 이것이 마음에 걸리는 사소한 걱정거리입니다.

친구를 만나 요즘 부쩍 눈이 나빠졌다고 토로하니 민

간요법이라고 할까요. 멀리서 산을 바라보라는 대대손손 전해지는 비약秘藥을 내려줍니다. 눈이 편안해지는 효과가 있다고 하더군요. 산과 하늘을 번갈아 봐야 한다며 세부적인 방법도 일러주고, 밤에는 효과가 없으니 꼭 아침에 가라는 당부도 해줍니다. 친구의 말이 의학적으로 판명된 진실인지는 모르겠지만 한번 믿어보기로 합니다.

언제는 산을 바라보는 게 아니라 운동 삼아 산을 탔었던 날이 있었습니다. 높이 올라서서 아래를 내려다보니 기구해 보였던 피사체는 아름다워 보이고 보통의 날들은 특별해 보입니다. 산에 오르면, 지극히 평범해 보였던 내가 사는 동네가 이렇게 이쁜 곳이었나를 문득 실감하게 되는 것처럼요.

이와 비슷하게 시간이 지나고 나면 좋아지는 순간들이 있습니다. 손으로 턱을 괸 채로 그윽하게 지난날을 떠올려보면 하늘이 무너질 정도로 힘겨웠던 날도, 큰 문젯거리로 두려움이 가득했던 날도, 불안과 걱정으로 밤잠을 설쳤던 날도, 묵묵히 그리고 무던히 지나갔던 날도, 언제 그랬냐는 듯이 미소를 지으면서 낱낱이 살펴볼 수 있는 것처럼 말입니다.

오늘은 날이 좋습니다. 정오의 약속 하나가 있습니다. 약속 시간보다 먼저 나가 카페 2층 창가 자리에 앉아 당신을 기다려볼까요. 당신이 오는 방향에 시선을 두고 있어 볼까요. 당신 몰래 우리의 미래를 그려보고 올까요. 열병으로 이마에 손을 짚는 일, 이제 더는 없을 거라 말해주고 올까요. 이렇게 정오의 햇살 위에 걸터앉아 고즈넉하게 당신을 바라볼까요. 오늘은 눈을 찡그리지 않고 당신에게 웃음을 먼저 보일 수 있을 것만 같습니다.

바다의 개화

처음 바다에 재미를 붙였던 날이 있었다. 아마 내 기억으로는 서쪽부터 시작했다. 청명한 망망대해를 간직하고 싶다는 연고만을 품은 채로 일기예보 '맑음'을 확인한 후 무작정 바다로 떠났다. 그런데 이게 웬걸, 나의 지나친 착오가 있었다. 간물때를 찾았다. 대양이 물을 뱉기는커녕 삼켜내는 중이었다. 그저 검붉은 갯벌만이 나를 반길 뿐.

내가 원했던 바다는 만조의 바다였으므로 앞으로 몇 시간 정도 더 기다려야 했다. 천만다행이었던 건 가지고 갔던 시집이 손에 있었다는 것이다. 바다가 보이는 카페에 자리를 잡고, 연안에 물이 차기를 기다리면서 한 구절 한 구절 시집을 읊었다. 챙겨갔던 책이 있었기에 망정이지 이것마저 없었다면 시간을 어떻게 보낼지 궁리를 하느라 발을 동동 굴렀을 것이다.

얼마쯤 지났을까, 저 멀리 낙조가 일더니 이윽고 해안가에 만조가 찾아왔다. 갯벌 위로 밀물이 들이쳤다. 해변에 털썩 주저앉아 세찬 바람을 타고 철썩거리며 오는 바다를 맞이했다. 파도가 하얗게 부서지는 물보라를 메밀꽃이라고 부르기도 하는데 정말이지, 바다에 꽃이 피고 있었다. 보이는 곳마다 꽃의 향연이었다. 기다림 끝에 바다의 개화를 음미했던 날을 보내고, 지인들과 함께하는 자리를 가질 때마다 바다는 신이 인간에게 준 선물이자 축복이라고 떠들고 다녔다.

후일에 서해를 찾을 때면 물때 그래프라든지 만조 시각 같은 정보를 미리 알아보고 갔다. 하지만 그러지 않았던 날도 있었는데 '혹시나 했지만 역시나'였다. 존재하는 모든 요행으로부터 버림받은 몸뚱어리라고 하늘이 대신 말해주는 것만 같았다. 그런 날들은 대체로 간물때를 찾은 적이 많았다. 별수 있나, 멀어져만 가는 바다에 시선을 두는 일 말고는 할 수 있는 일이 없었다. 운도 지지리도 없지.

부슬부슬 봄비가 내리던 날, 이번에는 할미바위와 할아비바위가 있는 꽃지해수욕장을 들렀다. 하릴없이 바다를 즐기는 도중 불현듯 할미바위에 관한 어떤 전설이 떠올랐다. 그 바위 아래는 미라처럼 묻힌 이야기가 하나 있다고 한다. 전쟁에 나가 돌아오지 않는 남편을 기다리다 쓸쓸히 해변 위에서 숨을 거둔 한 여인의 비극이다. 훗날 그 여인이 죽은 자리에 바위가 자라고 사람들은 그 바위를 '할미바위'라 불렀고, 그 옆에 바위 하나가 더 자랐는데 그 바위는 '할아비바위'라 불렀다고 한다. 망자의 가슴에 맺힌 응어리를 풀어주기 위해 이름을 그렇게 붙여준 게 아닐까, 싶었다.

간혹 우리는 사랑의 태도에 대해 '몸이 멀어지면 마음도 멀어진다'라는 말을 하기도 한다. 그럴 수도 있겠구나 싶다가도 그럴 수도 없겠구나 싶기도 했다. 괜히 못된 사람처럼 보일까, '이제 저는 당신을 좋아하지 않습니다'라는 본연의 마음을 숨긴 채로 수사修辭적으로 표현하는 게 아닌가. 저 말은 '이별의 정당화'라는 말을 포장하기 가장 쉬우면서도 '자신의 비겁함'을 숨기기 가장 좋은 말인지도 모른다.

적어도 내가 아는 사랑은 그렇다, 구구절절 구차한 변명을 늘어놓지 않는다. 몸이 멀어지면 마음도 멀어지는 게 아니라 몸이 멀어지면 마음이 애틋해진다. 보이지 않는다고 사랑이라는 감정이 사라지는 게 아니라 보이지 않을수록 상대방에게 더 향하려고 한다.

마음에 연정이 자라나면 눈이 먼다고 말하지 않던가. 그 눈이 멀었다는 말은 사랑하는 사람밖에 보이지 않다는 뜻이 아니라 보이지 않는 곳에서도 사랑하는 사람이 보인다는 뜻이다. 서로의 부재로 종식했을 사랑이라면 굳이 부재라는 이유가 아니더라도 곧 끝을 맞이했을 만남이었을 것이다.

사랑의 시작과 끝은 여지를 주지 않는 것이다. 서로의 마음을 의심하지 않게끔 시작하고, "이 상황만 아니었다면 우리는 어땠을까?"라는 의문을 품지 않게끔 끝을 맺는 게 남겨진 사람에 대한 배려일 것이다. 사랑의 시작과

끝에 떳떳하지 못한 사람은 그 떳떳함을 알기 전까지 사랑 앞에 눈뜬장님으로 살 수밖에 없다.

'몸이 멀어지면 마음도 멀어진다'라는 말은 '몸이 멀어져서 우리의 사랑이 끝날 만큼 애틋하지 않았다, 몸이 멀어져서 우리의 사랑이 끝날 만큼 익지 않았다' 정도가 얼추 비슷한 뜻이 되겠다.

나는 그날, 바다의 개화에 홀린 것인지 할미바위의 전설에 홀린 것인지는 모르겠지만, 주저리주저리 이런 말을 하며 연안 주위를 배회했다.

"사랑은 거리에 무너지지 않는다. 사랑은 거리를 초월한다. 그리고 진실한 사랑은 닿지 못할수록 더 애틋해진다."

운명

삶이라는 바다에서 우리는 많은 관계를 유영한다. 마중과 배웅과 같은 장면 안에서 시시한 만남과 이별에 기웃거리며 인연에 대해 곱씹어 본다. 어떤 관계는 우연으로 그치는 한철의 만남이 되기도 하고, 어떤 관계는 사랑으로 타오르다가 장례를 치르기도 한다. 그런데 넘어지면 손으로 땅바닥을 먼저 짚는 것처럼 어쩔 수 없는 관계가 있다. 무방비 상태에서 불가항력 같은 낯선 감정을 느끼며 운명으로 탄생하는.

찰나의 순간이 우연으로,
그 우연이 인연으로,
그 인연이 운명으로.

그날의 장소, 그날의 온도, 그날의 장면들이 허공에 뱉어져 금세 사라지고 마는 만남이 다분하게 존재하지만, 운명은 다른 만남과 달리 짙은 잔상을 세상에 남긴다. 운명이란 무엇일까, 도대체 그 두 글자가 무엇이길래 우리의 가슴을 두근거리게 만드는가. 우선 이 세상에 존재하는 논리적인 인과관계와 같은 것들을 전부 파괴하는 것이다. 운명을 믿게 되는 순간부터 관계의 재앙이 불어닥쳐도 전지전능의 힘을 빌려 막아 내지 않던가. 또 운명이란, 이 세상에 존재하지 않을 것만 같았던 삶이 나에게 다가오는 것이며, 상식 밖에 있던 낭만이 눈 앞에 펼쳐지는 것이다. 운명의 미학을 몸소 느끼는 순간, 감동 그 이상의 전율을 받으며 관조의 자세로 묵비권을 행사할 수밖에 없지 않던가. 그런 것이다.

운명이란 단어도 세밀하게 헤아려보면 우리가 왜 운명 앞에 고개를 숙이고 받아들일 수밖에 없는지 알 수 있다. 운명을 뜻하는 destiny는 destine에 마지막 글자 e를 지우고 접미사인 y를 붙여져 만들어진다. y가 영어의 마지막 바로 앞에 있는 알파벳인 이유여서일까, 첫걸음의 간절보다 한 걸음만 더 가면 마지막일 때 사람은 더 간절해지는 법이니까. 처음이라는 말보다 이번이 정말 마지막일지도 모른다는 말에 사람은 더 절실해지는 법이니까.

때로는 내가 궁금해하는 단어의 사전적 정의 말고도 조금 더 깊은 의미를 의중에 새기고 싶다면 내가 알고 있는 민간요법 하나가 있다. 파생된 단어들과 함께 살펴보는 것이다. 운명이란 이런 게 아닐까, destine예정해두다이 destination목적으로 이루어지고 destiny운명가 되는 것. 이 문장을 번역과 오역 사이에서 멋대로 바꿔보면 이런 뜻이 되겠다.

"하늘이 예정해둔 두 사람이 만나 하늘의 목적이 이루어지는 것."

영화 같은 삶은 없다고 말한다. 하지만 나는 믿고 있다. 삶이라는 바다 깊은 곳엔 영화 보다 더한 극적인 운명 같은 만남은 존재한다고. 벅찬 행복을 감당해낼 재간이 없어서 그만 울어버리고 마는 감동적인 인연들은 존재한다고. 만약 이게 거짓이라면 실화를 바탕으로 만들어진 영화들이 보란 듯이 그 거짓을 반증하는 걸 보면 알 수 있지 않던가.

앞으로 파도처럼 몰려와 포말과 함께 사라질 나의 연인에게 한 가지 바라는 게 있다. 운명을 믿는 낭만을 가진 사람이었으면 좋겠다. 세상살이, 현실적인 따위의 말을 하며 각자의 형편을 보내다가도 두 손 잡는 날엔 우리만의 세상이 존재했으면 좋겠다. 그곳에서 그저 흘러가는 대로 살다 보면 감히 누가 알겠는가. 운명運命처럼 만나 운명殞命을 다하는 연리지가 될 수도 있지 않겠는가. 그게 당신이었으면 하는, 내가 있다.

사랑의 뒷면

주말에 친구와 술 한잔했다. 그놈이 벌겋게 취한 얼굴을 하더니 자신은 바꾸려 해도 바뀌지 않는 이상한 구석이 있다며 토로했다. 녀석의 말에 따르면 표현에 인색하다는 것이다. 좋아하는 마음이 자라나면 자라날수록 이상하게 야박해진다는 것이다. 언제는 연인이 토요일 늦은 밤에 꽤 심한 몸살을 앓았는데 "참다가 내일도 아프면 병원이라도 가봐"라고 무심히 말하곤 집으로 돌아왔다고 했다. 집에 도착해선 한참 잠을 설치다가 일요일에도 진료하는 병원을 찾고 나서 잠자리에 들었다고. 이해할 수 있을지는 모르겠지만, 걷던 걸음을 멈출 만큼 이쁜 풍경을 보면 사람들은 사진을 찍지 않느냐고. 나는 그렇지 않다고. 마음 같아선 그 풍경을 사진에 담고 언제든지 그 풍경을 다시 보고 싶지만, 나는 조금 다르게 반응

한다고. 사진을 찍지 않고 눈으로만 담고 돌아서서 가는 길 내내 그 풍경을 생각한다고. 그러다 그 풍경이 잊힐 때면 다시 그곳을 찾아간다고. 내겐 사랑이 그런 것이라며 고백했다.

우리는 아픈 사람을 대하는 태도가 크게 두 가지 정도 있는 것 같다. 소중한 사람이 아프면 야단법석이란 법석은 다 떨면서 챙겨주는 사람이 있는 반면에 대수롭지 않은 척 돌아서지만, 깊은 잠에 빠진 그 사람 몰래 다시 찾아가 열병 도진 이마를 손으로 짚어보는 사람들이 있다.

항상 느끼는 건데 사실 사랑은, 앞모습보다 뒷모습이 더 아름답다. 보이지 않는 곳에서 더 깊은 사유가 나오고, 상대방이 모르는 곳에서 더 이쁘게 피어난다는 뜻이다. 만약 보이는 것보다 더 아름다운 사랑의 뒷면을 알게 된다면 아마 그 사랑은, 멈추는 방법을 영영 잃어버릴지도 모른다.

사랑의 뒷면은 이런 모습이지 않을까. 바래다주는 길, 연인을 껴안을 때 목 언저리에서 살며시 피어나는 향이 사랑의 앞면이라면, 배웅을 마치고 집으로 돌아와 옷을 벗을 때 다시금 맡아지는 그 사람의 잔향에 혼자 웃게 되는 그런 장면. 조금 아쉬운 건, 모든 사랑의 뒷면이 아름답지만은 않다는 것이다. 사무치게 아린 사랑의 뒷면도 존재한다.

언젠가 <눈이 부시게>라는 드라마를 본 적이 있었다. 극의 마지막쯤 아린 사랑의 뒷면을 보여주는 정제된 장면이 나온다.

장면의 배경은 이렇다. 눈이 내리던 날, 요양원에 있던 노파가 갑자기 사라진다. 절름발이 아들은 그 소식을 듣고 요양원 주변을 샅샅이 돌아다닌다. 평소보다 분주했던 걸음이 힘에 부쳤는지 절뚝이는 다리를 부여잡고 벤치에 앉는다. 그때, 저 멀리 빗자루질 소리가 들린다. 어머니가 보인다. 걱정과 울분이 가득 찬 목소리로 어머니에게 다가가 말을 한다.

"뭐 하시는 거예요. 지금!"

"아휴 놀라라, 눈 쓸어요. 눈이 오잖아요. 우리 아들이 다리가 불편해서 학교 가야 하는데 눈이 오면 미끄러워서…."

아들 머릿속에서 과거의 기억이 주마등처럼 스친다. 코흘리개 시절 눈이 내리던 날이면, 등교할 때마다 눈이 정갈하게 쓸려있던 가파른 계단길이 보인다. 절름발이인 자신을 위해 어머니의 손을 탔던 길이었다는 걸 어머니와 같이 하얀 눈꽃이 내려 새치가 뒤덮인 노인이 되어서야 알게 된다. 아들이 회한에 잠긴 외마디를 뱉는다.

"아들은, 몰라요. 그거…."

"몰라도 돼요. 우리 아들만, 안 미끄러지면 돼요."

슬픔을 녹이는 바이킹

겨울에서 봄으로 색이 뒤바뀌는 햇볕의 느낌이 좋다. 겨울의 애잔함과 봄의 포근함이 공존하는 거리를 이방인이 되어 구경하는 것만으로 이유 모를 위안을 얻는다. 슬픔에 위로가 올려져 치유를 받는 느낌이랄까.

매일 집에서 키보드를 두드리기 바빴지만, 오늘은 집 밖으로 나와서 작업을 했다. 사람이 없는 조용한 카페를 고르고 자리에 앉았다. 손님은 나와 유모차 안에서 잠을 자는 아이와 어떤 아주머니뿐인.

커피 한 모금, 글 한 자. 십자수를 놓는 싸움을 오늘도 해야 한다. 얼마나 지났을까, 갑자기 정적을 깨는 아이의 울음이 들려온다. 아무래도 꿈나라에서 무서운 일이 벌어졌던 모양이다. 아주머니는 아이를 안고 토닥여준다. 마치 "엄마 여기 있단다, 괜찮아, 괜찮아"라고 말하듯이.

세상에서 가장 작은 바이킹을 타던 아이는 이내 앙칼진 울음을 그치고 다시 잠에 빠진 것처럼 보였다. 울음소리가 그치고도 아늑한 바이킹의 운행은 한동안 계속됐다.

'엄마'를 '엄'이라 부르며 우는 아기를 달래는 어머니의 품은 거대한 호수이며 광활한 우주이다. 아련하게 슬픔이 떠오른다. 슬픔은 우리에게 불필요한 감정이라 여겨지지만, 꼭 그렇지만도 않다. 슬픔은 이해와 관련되어 있다. 슬픔을 제대로 마주해 본 적이 없는 사람은 타인의 슬픔을 볼 수 없고, 슬픔을 모르고선 타인을 제대로 안아줄 수가 없기 때문이다.

아이의 울음, 어머니의 품, 슬픔, 위로. 오늘 내가 만난 단어들로 문장을 적고 자리에서 일어났다.

'슬픔을 녹이는 바이킹이 있다. 왜소하지만, 품은 깊다. 사람의 슬픔에는 넓이가 아니라 깊이만 존재한다고 말해주는 것만 같다.'

비문非文

- 봄에도 단풍이 진다

사람은 스스로 관점을 다르게 바라보기가 어지간히 어려운 존재이다. 저마다 심도의 깊이가 다르기 때문이다. 사실 심도의 깊이는 창의적인 역량이 필요하지만, 우연히 일상에서 마주한 장면으로 깨닫게 되는 순간이 있다. 이를테면 이치에 옳은 장면보다는 이치에 맞지 않은 낯선 광경이 보란 듯이 펼쳐질 때면 독특함이라는 꽃이 심도에 피어난다. 심도가 깊다고 해서 조예가 깊다고 말할 수는 없지만, 세상이 심미적으로 보인다는 장점이 있다. 나 역시도 닫힌 시각을 트인 시야로 바꿀 수 있었던 나름 재밌었던 일화가 있었다.

개나리의 노란빛이 봄바람을 타고 넘실거리던 어느 봄날이었다. 아파트 단지 내에 있는 단풍나무의 이질적인 모습에 그만 마음이 허물어지고 말았다. 봄날임이 분명한데 선홍빛 단풍으로 물들어 있었다.

불현듯 이 모습을 보는데 오래전 하나의 장면이 새록새록 피어났다. 봄이 얼굴을 반쯤 가렸을 즈음이었나, 문득 눈 올 때 찍어놨던 사진이 없다고 혼자 핀잔을 놨다.

“아, 눈 내리는 사진 좀 찍어 놓을걸….”

사람은 늘 그렇듯 지나고 나서야 그때가 아름다운 줄 깨닫게 된다. 나 역시 사람인지라 지난겨울을 회상하며 아쉬움을 토로하고 있었다. 그나마 위안으로 삼았던 건 이제는 시간이 덧없이 흘러서 곧 겨울이 올 테고 기다리다 보면 다시 눈을 볼 수 있다는 것이었다. 그런 나의 말에 당신은 봄에도 눈이 내린다며 내 손을 잡고선 데려간 곳이 있었다. 도착한 곳은 벚꽃길이었다. 이미 나부끼는 바람과 함께 부지런히 낙화 중이었던 벚나무 길을 가리키더니 하는 말이 “여기! 여기! 봄에도 내리는 눈!”이라며 순수와 장난이 반쯤 섞인 웃음을 지어 보였다.

“뭐야”라며 시큰둥한 말로 핀잔을 놓긴 했지만, 하늘하늘 바람에 정처 없이 떨어지는 꽃잎을 보니 정말로 눈이 내리고 있는 것만 같았다.

간혹 올바른 문장이 아니라 비문非文과 같은 장면을 일상에서 만날 때가 있다. 아이러니한 건, 이상하리만치 그 장면에서 찬연함을 느낀다는 것이다. 정독으로 인한 삶만이 아름답다고 말해주는 게 아니라 오독으로 인해 어긋난 삶일지라도 찬란하다고 말해주는 것처럼 말이다. 메마른 삶 속에서 발견한 오아시스와도 같은 그런 장면. 지난 계절을 보낼 줄 알고 오는 계절을 반길 줄 알게 된 지금은 일상 속에 숨어있는 비문의 순간들을, 뜻하지 않는 한 컷 한 컷을, 나는 아낀다.

오늘 나는 메모지에 이런 글을 적었다.

"오늘 손을 댈 수 없는 비문과도 같은 장면을 봤다. 봄꽃이 져가는데 단풍나무는 가을 기운을 두르고 있었다. 짐작하건대 가을과 비슷한 봄 날씨에 사계를 헷갈렸나 보다. 꼭 꽃이 피지 않더라도 화양연화는 찾아온다는 듯이. 우리 삶에 봄날이 가득하지 않더라도 모두의 삶은 찬란하다고 말해주듯이. 뜻밖의 안부를 맞아 반가움에 손을 흔든다. 봄에도 단풍이 집니다."

반가운 사람

주말이면 단잠을 깨우는 새들의 노래도 나쁘지 않지만, 아파트 단지를 깨우는 아이들의 웃음소리가 좋다. 그런 날이면 머리엔 까치집이 진 채로 들뜬 눈을 하곤 밖으로 나간다. 순수함이 묻어있는 아이들의 얼굴을 보곤 괜히 덩달아 미소를 짓곤 했다. 점심 먹으라는 부모의 목소리가 들려오고, 흙이 묻어있는 엉덩이를 훌훌 털고 아이들이 집으로 들어가고 나면 못내 아쉬워 어질러진 놀이터 주위를 빙빙 돌기도 했었다.

내가 아이들의 웃음을 좋아하는 이유는 거짓이라곤 찾을 수 없는 본질과 같은 것이라 믿고 있기 때문이다. 어른이라는 딱지를 등에 붙이게 되면 마냥 기분이 좋다고 웃기만 할 수도 없고, 울음도 숨길 줄 알아야 했기에. 햇

수가 지나면 지날수록, 어린아이의 웃음을 곁에 두고 싶은 마음이 크다.

가끔 삶의 대목에서 그런 사람들을 만날 때가 있다. 나에게 좋은 일이 생겼는데 본인들에게 좋은 일이 생긴 것처럼 나보다 더 기뻐해 주는 사람들. 그 모습을 가만히 보고 있자면 알게 모르게 감동하기도 하고, 그간 주위를 돌보지 못한 나를 반성하기도 하고, 왠지 모르게 미안해지기도 한다.

"어차피 우리 삶은 각자 알아서 보내야 하는 거야, 혼자여도 괜찮은 나로 살아가야 해"라며 말하고 다녔던 나의 정언을 부정하게 만드는 이상한 사람들. "인생은 혼자가 아니라 함께 살아가는 거야"라는 말을 믿게끔 만드는 사람들.

그들에게 옮아버린 탓일까. 좋은 날, 울적한 날 상관없이 꼭 부르고 싶은 사람들이 있다. 보고 싶은 존재라 바꾸어 말해도 얼추 뜻은 통하겠다. 그들과 나란히 앉아서 다정한 기억을 조각조각 나누며 다감한 하루를 지어 먹고 싶다. 그리고 나 또한 그들에게 그런 사람으로 남고 싶다. 사람은 어쩔 수 없는 것 같다. 행복을 나눌 수 있는 사람과 더 가까워지고 서로에게 위로가 되는 사람을 더 찾고 싶어지는 거. 자연스러운 본능과 가깝다.

가끔은 내가 나에게 이런 하소연을 하기도 했다. '인생을 잘 살았다'라는 기준이 돈, 명예, 권력이라고 말하는 사람도 있지만, 바보처럼 '하하하' 웃어주고, '엉엉엉' 울어주는 사람이 곁에 있는 것만으로도. 내가 바보처럼 웃을 수 있고, 눈치 보지 않고 목 놓아 울 수 있게 해주는 사람 한 명쯤 있는 것만으로도 정말 잘 살아온 인생이 아닐까, 라는.

좋은 위로

좋은 위로란, "그만 울어 괜찮아"라며 옆에 있어 주는 게 아니라 "그래, 더 울어"라며 토닥여주는 게 아니라 '네 양껏 슬퍼해'하고 한발 물러서 주는 것이다.

누군가의 봄

작은 손으로 내 머리칼을 쓸어 넘기는 당신의 허벅지 위에 귀를 대고 아직 오지 않는 아주 먼 구월의 어느 날을 그려보고 있었다. 그때쯤이면 노란 은행잎이 한창 덮고 있을 오솔길을 그렸고, 그맘때면 산산이 나부끼는 바람도 있겠지, 하곤 당신과 함께 누워 보이지도 않는 별들을 손으로 짚으며 별자리를 세어보기도 했었다. 이제는 그 멀었던 날이 오늘이 되었는데 떨어진 은행잎을 쓸며 그 자리에 귀를 대곤 지난봄을 그리고 있다. 줄곧 찾아올 구월의 어느 날이면 이날을 그렸었던 내가 생각날 것이고, 당신의 손도 기억날 것이다. 각질대로 각진 이 세상을 그나마 내가 애정을 가지고 바라보는 사연은 우리는 모두 누군가의 봄이라는 소인消印이 각인되어 있기 때문이다.

비록 연이 다해 먼 훗날 돌아보면 한철에 불과할 테지만, 한때 당신도 누군가의 봄이었다는 걸 잊지 않았으면 한다.

이상한 사랑의 셈법

하루 일정을 마무리하고 집으로 돌아오는 길, 밤색 하늘을 배경으로 가로등 아래 두 사람이 보인다. 가까이 가서 보니 아이와 아빠다.

"아빠, 아빠 봐요! 나 줄넘기 실력 늘었어요!"

당찼던 말과는 다르게 손과 발이 따로 노는 아이의 모습에 우스꽝스럽기도 하면서 귀엽기도 했다. 슬쩍 아이 아버지의 표정을 보니 세상에서 모든 행복을 다 가진 사람처럼 웃고 있었다.

간혹 생각한다. 사랑에도 셈법이 존재한다고. 하나를 줬는데 열을 가진 것처럼 미소를 짓는 사람이 있고, 열을 줬는데 이것밖에 없냐며 나무라는 사람이 있다. 마음 한편을 줬는데 자기 집 안방에 눕는 것처럼 누워버리는 사람이 있고, 마음 전부를 줬는데 비좁다며 웅크리는 사람이 있다.

근데 가장 이상한 사랑의 셈법이 있다.

어떤 날엔 손가락으로 정수리를 톡톡 치며 장난을 치기도 하고, 어떤 날엔 고개를 어깨에 기대기도 하고, 허벅지 위에 눕기도 하고. 말없이 그저 바라보고, 끄덕이는 것뿐인데 세상의 모든 것을 가진 것처럼 서로를 바라보며 웃는 사랑이 있다.

슬쩍 혼잣말을 내뱉곤 집으로 들어갔다.

"그래, 바라만 보아도 기분이 좋아지는 사람이 있는 법이지. 바라만 보아도 행복한 사랑도 있는 법이고."

용기

사람 안에는 종이 있다. 어떤 종을 울리면 울음이 터지기도 하고, 어떤 종을 울리면 웃음이 나기도 한다. 하여, 용기를 울리는 종도 있을 것이다. 이것을 토대로 내가 도출해낸 결론은 이렇다. 우리는 용기를 내야 하는 순간, 용기라고 적혀져 있는 종 앞으로 걸음을 옮긴다. 하지만 종을 칠지 말지, 손을 들었다가 내렸다가 하는 그 행위. 그게 문제였다. 용기가 없다는 말은 표피에 불과하다. "나는 용기가 나지 않아"라는 말을 가장한 내피에 숨어있는 '망설임'이라는 그 손. 그것이 절대적인 원인이었다.

기다려야 할 때 기다릴 수 있는 인내를 주시고. 망설이지 말아야 할 때 용기를 가질 수 있는 지혜를 주소서.

사랑이 주체가 되면 행복은 늘 그림자처럼

사람은 행복해지기 위해 살아간다고 말할 정도로 자기 자신만의 행복을 추구하며 살아간다. 하지만 사랑은 조금 다르다. 연애를 하게 되면 마냥 행복할 것 같지만, 항상 그렇지 않다는 말이다. 서로 다른 인간이라는 존재가 만나 맞춰가는 과정에서 항상 웃는 날만 가득한 게 아니라는 뜻이다. 상대방에게 더 잘해주지 못하는 안타까움, 아련함이 항상 도사리고 있다. 정도는 다르지만, 속뜻의 깊이는 같다. 사랑하니까 행복한 만남이 되고 싶은 마음. 그렇기에 행복이 주체가 되어 사랑에 뛰어들기보다는 사랑이 주체가 됐으면 한다. 사랑이 주가 되어 만나게 되면 행복 이외에 수반되는 감정들도 모두 사랑이라고 느끼지 않을까 하는 마음이다.

주저리주저리 떠들어댔는데 하고 싶은 말을 한 문장으로 정리하자면, 이런 문장이 되겠다.

'사랑이 주체가 되면 행복은 늘 그림자처럼 곁에 머무는 존재가 되지 않을까.'

순간을 소중히

"순간을 소중히"라는 대사가 나오는 영화가 있다. 타이타닉이다. 고전영화지만 오늘날까지도 명작이라고 회자하는 작품이다. 내가 이 영화를 처음 본 것은 초등학생 때였다. 그 당시에는 너무 어려 마지막 장면 빼고는 기억 속에 남는 장면이 없었다. '사랑하는 사람을 위해서 죽어줄 수도 있구나, 사랑이 이렇게 무서운 것이었나?' 이 정도쯤이 되겠다. 20대가 되고 채널을 돌리다가 우연히 타이타닉을 보게 되었다. 내 시선과 마음을 멈추게 하는 대사가 있었다.

'순간을 소중히'

순간이라는 건 상황에 따라 생긴 여러 가지 온도의 감

정으로 이루어진다. 웃음이 절로 나오는 따뜻한 온도의 기억이 되기도 하고. 이불킥이라고도 하는 밤에 자다가 이불을 발로 차는 창피함이라는 온도의 기억이 되기도 하고. 때로는 눈가를 처연하게 만드는 씁쓸한 온도의 기억이 되기도 한다. 이렇게 여러 가지 감정으로 생긴 셀 수 없는 순간들이 모여 우리의 삶을 만들어 간다. 그러나 여러 가지 감정 중에 잿빛일 것만 같은 감정으로 인해 지금 이 순간을 즐기지 못할 때가 많다. 후회라는 감정이다. 본디 후회라는 감정은 이전의 잘못을 깨치고 뉘우친다는 뜻을 지니고 있지만, 뉘우치지 못하고 허망함에 빠져 그 감정에서 헤어 나오지 못할 때가 다분하다. 이것은 순간을 소중히 생각하지 않고 최선을 다하지 못해서라고 말해주고 싶다.

누구는 말한다. 중요한 순간에만 최선을 다하면 되는 것이 아니냐고. 일리 있는 말이다. 하지만 내 경우를 보았을 때 중요한 순간이라는 것은 없었다. 그 당시에는 별볼 일 없던 순간이 나중에 돌아봤을 때 중요한 순간이었을 때가 많았고. 그 당시에는 그때가 소중한 순간인 줄 몰랐다. 영원할 것만 같던 사랑하는 사람과 만났던 순간.

늙거나 아프지 않을 것만 같았던 부모님과의 순간. 영원히 고등학생일 것만 같았던 학창 시절의 순간들. 살아가면서 언제가 될지 모르겠다. 지금도 자신만 모르고 있지, 나중에 돌아보면 소중한 순간이 즐비할지도 모르겠다. 달리는 자동차 안에서 밖을 내다보는 것처럼 스쳐 가듯 살아가는 게 아니라. 적당히 마음을 간지럽혀주는 바람을 맞으며 살아가다 보면 한순간, 한순간 소중히 살아갈 수 있지 않을까? 이렇게 소중히 생각하다 보면 그 순간마다 최선을 다할 수 있지 않을까? 나중에 돌이켜 본다면 처연해지는 눈이 아닌 아름다운 눈으로 나를 돌아보지 않을까 싶다.

지나왔던 시간을 놓지 못해 뒤돌아보는 것이 아닌.
뻣뻣하게 고개를 치켜세운 채로 앞만 보는 것도 아닌.
지금 나의 시선에 머무는 순간을 사랑하는 것.
지금 나의 시선에 머무는 사람을 사랑하는 것.
지금 나의 시선에 머무는 것들을 사랑하는 것.

매일매일을 소중히. 순간을 소중히.

여름의 단상

각별할수록 우리는

서로에게 세심해져야 한다

사소한 서운함이 쌓이지 않도록

관계의 견고함이 허물어지지 않도록

각별이 작별로 이어지지 않도록

여름의 세레나데

당신에게 기울어지는 나무 하나 심어볼까. 그러다 당신에게 쓰러지면 세우러 간다는 핑계로 당신 얼굴 한번 보고 올까. 가는 길, 주위에 꽃 있으면 꺾어다 당신 주고 돌아설까. 꽃은 꺾는 게 아니라고 당신이 나무라면 너만 보면 안 되는 일들을 자꾸만 되게 하고 싶어진다고 슬쩍 면박이라도 주고 올까. 지나가는 말로 너만 괜찮다면 쓰러진 이 나무 그냥 두고 가도 되냐고 물어볼까. 너라면 이 말을 이해할 수 있지 않을까.

사랑의 단상

장면마다 간직하고 싶은 순간들이 너무 많은 탓일까, 채널을 돌리다가 아무 생각 없이 봤었던 영화가 몇 날 며칠 마음을 기분 좋게 괴롭힌다. 아무 감응 없었던 내 삶에 한 사람이 들어왔는데 마음이 자꾸만 까치발을 들며 손을 흔들고 연신 고개를 끄덕인다.

당신이 분다

요즘 하루를 마무리하기 전, 즐기는 일이 있다. 집 근처 작은 공원에서 한량처럼 선선하게 쏘다니는 것이다. 공원 중앙에는 호수가 있다. 그 호수를 감싸고 있는 산책로의 정경이 아름다워 자주 찾게 되는 곳이다. 산책로는 이름 모를 석재들로 포장된 길도 있고 정겨움이 묻어있는 비포장길도 있어서 소요逍遙를 즐기기엔 심심치 않은 장소이다. 아, 일몰의 야경을 즐기기에 이만한 곳이 없다는 것도 한몫을 보탠다. 애늙은이라서 그런지 이런 운치 있는 경치가 좋다, 난.

오늘도 신발을 고쳐 신고 공원으로 향하는 길이다. 밤공기가 찬 이유여서일까, 산책로는 한산했다. 그 덕분에 한량이 되는 일에 더욱 안성맞춤이 되어버렸다. 산책로

곳곳에 드문드문 피어있는 장미들이 하나의 눈짓이 되어 나와 동행한다. 밤을 비추는 카페들의 조명들은 아름다움을 자아내며 감칠맛을 더해준다. 가끔 바다가 보고 싶지만, 여건이 여의치 않을 때, 바다를 볼 수 있는 나만의 비밀이 있다. 바람이 강한 날, 우거진 수풀 사이로 들어가는 것이다. 눈을 감고 나뭇잎들이 부딪치는 소리에 귀를 기울이면 녹음 사이로 파도 소리가 들려온다.

귀를 간지럽혀주는 바람을 느끼며 선선하게 한 걸음 두 걸음을 옮긴다. 공원 돌기를 반복하니 한 가지 느낀 게 있다. 세상엔 가시적으로 보이지 않는 것도 느낄 수가 있다는 것이다. 바람은 보이지 않지만, 바람을 맞는 사람은 느낄 수가 있다. 어디로 불고 있는지. 어디서 불고 있는지. 그렇게 걷기를 한참, 문득 '사람의 마음도 같지 않을까'라는 의문이 바람과 함께 머리를 스치고 지나갔다.

마음도 보이지 않지만, 누구나 느낄 수 있다. 어떤 마음이 나에게 불고 있는지. 나의 마음이 어디로 불고 있는지.

나부끼는 바람을 느끼다 보면, 나도 모르는 사이 내 곁에 와서 자꾸만 치근거리는 잔바람이 있다. 성가시지 않은 기분 좋은 치근거림. 내 호흡과 하나가 되는 그런 바람. 그래 맞다, 좋은 사람은 늘 이렇게 찾아온다. 아쉬움이 사라진 어떤 기대 같은 것으로. 기분 좋은 바람의 소리 같은 것으로.

"요즘 마음에 바람이 온다, 당신이 분다."

존재 자체가 선물인 사람

그런 사람들이 있다. 챙김을 받는 게 불편한 사람들. 불편하다기보다는 '어색하다, 부담스럽다'가 조금 더 가까운 뜻이 되겠다. 아마 이런 사람들은 표현을 잘하지 못하는 사람들일 것이다. 어떻게 잘 아냐면 내가 그런 사람 중, 한 사람이다.

챙김을 받는다는 말의 가장 큰 예를 들어 보면, 생일이 될 수가 있겠다. 생일은 한 사람이 이 세상에 얼굴을 내미는 감동적인 순간이기에 그 기념일을 축복받아도 마땅한 날이지만, 몇 번의 생일을 지인들과 같이 보내도 겸연쩍은 마음을 없애는 건 쉽지 않다. 솔직한 마음으로는 홀로 조용히 바다를 보러 갔다 오거나, 소소하게 생일 찬을 치르고 싶은 마음이 크다. 한편으론 지인들 뒤에서 이런 생각을 하는 나로 인해 곁에서 축하해 주는 고마운 사람들에게 미안한 마음을 가지기도 한다.

선물 또한 마찬가지이다. 너무 과분한 선물은 지양하는 편이다. 혹시라도 받게 된다면 그대로 돌려주려고 하는 억지 또한 있다. 물론 나도 사람인지라 기억해 내지 못하고 지나가는 날도 있지만, 나중에라도 기억이 떠오르면 기회를 엿보고 있다가 무조건 갚아 주려고 한다. 한편으론 지인들 몰래 이런 생각을 하는 내가 너무 이해타산적으로 보여 인간미라고는 찾아볼 수 없는 사람이 아닐까, 곱씹어 보기도 했었다.

오래전의 일이다. 생일과 선물에 대한 짧은 담화가 있다. 나의 기억으론, 당신과 내가 맞은 나의 첫 생일쯤이었을 것이다. 갖고 싶은 것이 있냐는 당신의 말에 나이키 슬리퍼를 얘기했다가 된통 한 소리를 들었다. 내 천성 때문에 했었던 말이었는데 자기를 무시한다는 말로 들었었나 보다. 또 생일 선물로는 작은 선물이라는 당신의 마음도 있었을 것이리라, 추측해 본다. (근데 나이키 슬리퍼를 진짜로 좋아한다) 그날 나는 당신에게 들리지 않게 속으로 이런저런 궁상을 떨었다.

'존재하는 것만으로도 선물인 사람들은 자신이 선물인 줄 모른다.'

어디 그게 연인뿐이겠는가. 늦은 밤, 집으로 들어가면 쓸쓸하고 적막한 거실이 아닌 환한 빛을 내며 기다리는 사람들이 있지 않던가. 그들은 나에게 친구라고 부르지만, 나는 그들에게 아버지, 어머니라고 부르는 그런 사람들.

오만과 편견

가끔 우리는 지나친 속단으로 “그 사람 어떤 사람인지 알아”라며 타인의 삶에 대해 정의를 내리고 논한다. 하지만 누군가를 안다고 스스로 믿는 오만, 누군가를 이런 부류의 사람일 거라 단정해버리는 편견을 갖는 그 순간부터 그 사람에 대해 가장 모르는 사람으로 남는다.

혜안慧眼

나는 손님이 되어 아는 지인이나 타인의 사적인 공간을 방문할 때면 살며시 확인하는 장소가 있다. 서재나 책장이다. 은연중에 사람은 자신의 심리상태를 대변하는 제목으로 책을 고르는 경향이 있기에, 서재나 책장은 한 개인의 비공식적인 비밀을 보여주기도 한다.

몇 해 전, 오랜만에 연락이 닿은 지인의 집을 방문한 적이 있었다. 사실 서재가 있는 집은 흔치 않은데 작은방이 서재로 쓰이고 있었다. 그때도 역시 지인 몰래 서재에 침입했다. 적당한 눈높이에 꽂혀있는 책들이 보인다. 아마, 자주 읽는 책일 것이라 예상해 본다. 죄와 벌, 소망 없는 불행, 불안의 서. 온통 슬픔이 묻어나는 책들이다.

'어떤 잘못을 하고 벌을 받으며 소망 없는 날에서 불행과 불안함으로 매일 지새우고 있다는 뜻일까.'

불안의 서를 집어 들고 펼치자마자 지인의 비애를 어렴풋이 짐작할 수 있었다. 밑줄 그어진 문장이 있었다. 그 사람의 밑줄은 이렇다.

'어떤 사람은 커다란 꿈을 품고 살다가, 그 꿈을 잃어버린다.'

꿈이라는 것. 한 개인이 아이였을 땐 순수한 꿈을 품고 살아간다. 그 아이는 어른이 되고 현실과 이상이라는 모순을 만나 꿈은 곧 사치품으로 전락해버리고 만다. 그런데도 '하고 싶은 일'이라 칭하며 어린 날의 순수를 지키려는 사람들이 있다. 하지만 세상은 그들을 가만히 두질 않고 "네가 아직 덜 굶어 봤구나"라는 소리를 들려주기도 한다.

사람의 심연엔 한 아이가 뛰놀고 있다. 웃으면서 잘 지내다가도 고요가 내려앉은 어느 밤이면 그 아이는 웅크리고 조용히 울먹인다. 돌아서서 보이지 않게 사적인 문장을 적는다. 다시 현실로 돌아와 적었던 그 문장이 어떤 책의 밑줄이 되기도 한다.

서재를 나오고 형식적으로 나누는 요즘 하는 일은 어떠냐는 말 대신 앓는 소리로 요즘은 왜 이렇게 마음처럼 되는 일이 없냐고 지인에게 바꿔 말했다. 그리고 우리의 이야기는 꽤 길어졌다.

살아오면서 경험치로 쌓인 진리를 안다. 사람은 본능적으로 자신의 비애를 감추고 숨긴다. 사람을 안다는 것은 단순히 어떤 사람의 외면을 보고 판단하는 게 아니라 내면을 차분하게 관찰하고 보살필 수 있을 때 가능한 일이다. 앎에 대한 자격이 있다면, 폐부 깊숙이 침전된 아픈 문장 하나 정도는 읽어낼 수 있을 때, 그제야 우리는 그 사람에 대해서 "이제 조금이나마 너, 어떤 사람인지 알 것 같아"라고 말할 수 있는 미약한 자격이 주어진다는 것이다.

우리는 보인다는 이유로 속뜻을 헤아리는 혜안慧眼을

잃어버린 채로 살아간다. 눈뜬 삶을 살고 있지만, 정작 우리는 아무것도 보지 못한 채로 일상을 보내고 있다는 뜻이다. 때론 다 알면서도 눈을 돌리며 짐짓 모르는 척 지나가는 날도 더러 있다. 모순이 가득한 말이겠지만, 눈을 감고 헤아림의 앎을 경험할 때, 비로소 우리는 반쯤 가려진 상대방의 얼굴을 보살필 수 있는 혜안開眼을 가지게 된다.

삶의 원형

우리는 모두 저마다의 소신, 희망을 품고 전부 다른 삶을 살아간다. 가끔 난 스스로 우스운 질문을 하곤 한다.

'인간이 모두 다른 형태의 삶을 살아가는 것이라면 삶의 원형이 있을까? 본바탕이 되는 삶의 양식이란 실존할까?'

이상적인 삶의 모습에 대해 곱씹어 본다. 어떤 모습이 이상적인 삶이라고 말할 수 있을까. 어떤 태도가 이상적인 삶으로 가는 자세라고 칭할 수 있을까. 어떤 삶의 양식이 부끄럽지 않은 삶이라고 표명할 수 있을까.

문득 아버지가 해주신 말씀들이 기억에 남는다. 말은

입 밖으로 발화하는 순간 휘발성이 짙어 내뱉고 나면 이내 사라져 버리고 마는 알맹이 없는 소리에 불과한 것 같지만, 어떤 말은 그 사람에게 삶의 씨앗을 뿌려놓고 가기도 한다. 대개 이런 말들은 그 당시 한번 듣고서는 명확한 의미를 알 수 없다. 아리송함을 남기고 은연중에 귓가를 맴돌다가 적당한 숙성의 시간을 거치고 어느 순간 번쩍 눈이 뜨여져 꽃피우는 문장으로 다가온다.

아버지는 종종 어머니에 대해 이런 말씀을 하셨다. 오늘 일이 바빠 네 엄마 마중 못 나가니 네가 대신 가라는 둥, 오늘 네 엄마 아프니까 병원에 꼭 데리고 가라는 둥, 저녁은 엄마랑 같이 먹으라는 둥.

아버지의 이런 말들은 오늘날 나에게 "사랑이 빠진 삶은 죽어있는 삶과 같다"라는 문장으로 꽃을 피웠다. 삶을 바다에 비유하자면 어떤 삶의 결이 옳은 결인지, 그 결을 어떻게 정돈해야 아름답게 부서지는 삶의 파도를 만들어 낼 수 있는지, 나는 모른다. 하지만 미약하게나마 내가 알고 있는 건 사랑만으로는 삶을 살아갈 수 없지만, 사랑이 없는 삶은 죽어버린 삶과 같다는 것이다. 사랑으로 가난을 해결할 수는 없겠지만, 마음에 허기진 가난이 들어설 때면 사랑으로 그 마음을 달래줄 수 있다는 것이다. 또 사랑을 믿지 않는 사람은 심장의 소리를 듣지 못하며, 사랑을 믿지 않는 사람은 두 개의 심장이 만나 대화를 나눌 때 속도가 빨라지는 이유를 모른다는 것이다. 사랑을 믿지 않는 사람은 자신을 지킬 수는 있겠지만, 타인을 지킨다는 말을 이해하지 못한다는 것이다.

이런 일련의 사고를 거치고 역시나 내가 내린 결론은 진부했다. 별것 아니지만, 나중에 우리의 인생을 돌아봤을 때 이런 삶이었으면 하는 원형이 있다. 누구나 다 알고 있을 뻔하디뻔한 진부한 말일지도 모르겠지만, 내가 추론한 아름다운 삶의 원형을 언어로 표현하자면 이렇다.

"검은 머리 파뿌리 될 때까지 언제나 당신의 곁을 지키겠소."

말

건네는 말이 사소하다고 치부하는 순간부터 보잘것없는 관계가 되고, 건네는 말이 소중하다고 느끼는 순간부터 귀중한 관계로 자리 잡게 하는 언어 도구. 인연을 악연으로, 우연을 필연으로.

행복을 느낄 수 없는 존재

걷는 일을 즐기고 있는 요즘, 집 근처 공원을 유유자적 거닐면서 이런저런 사색을 즐긴다. 어떤 날엔 사람은 그 당시의 행복을 모르는, 불쌍한 존재일지도 모른다는 애잔한 상념을 해보기도 했다. 사람은 항상 그렇다. 지나온 삶을 돌이켜보며 "아, 그때가 좋았는데…"라며 말을 한다. 정작 지금 당장 좋을 때는 그 행복을 느끼지 못하고.

교복을 벗을 때가 되면 교복을 입고 운동장을 뛰어다니는 학생들을 보며 그 시절을 그리워하고, 연인이 있을 때 최선을 다하지 못하고 그 사람의 빈자리를 느끼고 난 후에야 그 사람의 소중함을 알게 된다. 여유를 가져야 할 때는 시간의 여백이 생겼다는 것에 불안을 느끼고, 최선을 다해야 할 때는 오지 않는 미래를 생각하며 겁부터 낸다.

젊었을 때는 젊음을 모르고, 사랑할 때는 사랑을 모르고. 여유를 가져야 할 때는 갖지를 못하고, 최선을 다해야 할 때는 그러지 못하고. 젊었을 때 젊음을 알고, 사랑할 때 사랑을 안다는 건. 여유가 있을 때 여유를 즐기고, 최선이 필요할 때 사력을 다한다는 건. 어쩌면 말이다. 모두 거짓일 수도 있겠다.

우리의 하루는 연속적인 순간의 장면으로 이루어져 있다. 이런 여러 장면 순간순간마다 모두 최선을 다할 수는 없겠지만, 중요한 접점을 안다는 것. 그 순간 느낌을 온전히 가슴으로 받아들인다는 것. 정성을 다해야 할 땐 정성을 다하고, 여유 부려야 할 땐 최대한 늘어지는 것이 후회를 줄이는 가장 좋은 방법일 것이다.

잊지 말자. 다시 또 훗날 "아, 그때가 좋았는데…"라며 지나온 과거의 어떤 날을 그리워하는 순간이 온다면, 그 순간은 바로 지금일 것이다.

나를 용서하는 시간

위태로운 삶이란 무엇일까. 빛이 보이는 게 아니라 빚만 보이는 삶일까. 아니다. 사람에게 위태로움이란, 다른 사람과 나는 다르다고 자부하며 어떤 일이든 할 수 있다 믿고 살아왔지만, 실상 현실이라는 벽 앞에 한없이 초라해질 때. 특별하다고 생각했던 모든 것들이 특별하지 않다는 걸 알게 됐을 때. 모든 소용이 무용으로 치환되었을 때이다.

이런 뒤틀림을 멈추지 못하고 아슬아슬한 삶이 계속되다 보면 처음엔 애꿎은 세상을 탓하기도 하고, 주위 사람을 탓하기도 한다. 결국 이런 탓의 종착점은 자신을 책망하는 일로 몰아붙이게 된다. 안타까운 건 책망으로만 그치지 않을 때가 있다는 것이다. "남들은 죽을 정도로 노력할 때 도대체 난 뭘 한 걸까, 나는 왜 이 정도밖에 안

되는 사람일까"라며 자존감이라는 거대한 배가 침몰당하는 경우도 적지 않게 볼 수 있다.

사람에겐 이상한 구석이 있다. 타인에겐 용서를 구하지만, 정작 나 자신에게는 용서를 구하고 관용을 베푸는 일을 어려워한다. 타인과의 관계에서도 먼저 사과하더라도 받아들여지는 용서가 있지 않으면 관계는 그 이상으로 발전할 수 없기 마련이다. 나라는 사람도 다를 바가 없다. 나를 용서할 줄 알아야 한다. 자신의 그릇된 부분을 인지하고, 받아들인다면 더 나은 나를 만날 수 있다. 그동안 힘껏 못살게 군 나에게, 한껏 아프게 한 나에게 어느 정도의 관용을 베푸는 사람이었으면 한다. 잊지 않았으면 하는 말이 있다. 살아있는 한 모든 일은 가능하다.

사전에서 '관용'이라는 뜻을 찾았다. '남의 잘못 따위를 너그럽게 받아들이거나 용서함' 첫 글자 남에서 은밀하게 자음을 지우고 머릿속 사전에 관용의 두 번째 뜻을 적었다.

'나의 잘못 따위를 너그럽게 받아들이거나 용서함.'

작게 웃을 일이라도

옆에 있는 사람이 좋은 일이 생겼을 때 당신에게 알리지 않았다면 서운해할 게 아니라 더 정성 들여 축하해줘야 할 것입니다. 그게 이미 늦은 일이더라도 말입니다.

추측하건대 당신과 알게 되기 전, 그 사람 곁에 있었던 사람들은 좋은 일이 생겼을 때 축하의 말보다는 시기의 눈빛을 비췄기에 선뜻 그 일을 전하지 못한 것일 수도 있습니다. 과거의 아픈 기억으로 새로운 인연 앞에서 본심을 전부 열지 못하는 것이지요. 사람은 옛 기억을 토대로 현재를 판단하며 지금의 삶을 대변하기도 하니까요.

앞으로 남을 대할 때 산 정상에 있는 사람처럼 만들어줘야겠다고 마음을 먹었던 날이 있었습니다. 산 정상에

오르면 괜히 "야호~!"를 외치고 싶은 것처럼 작게 웃을 일이라도 나를 보면 숨김없이 말하고 크게 웃을 수 있도록. 기쁨을 맞이할 때 괜히 부르고 싶은 사람이 될 수 있도록 말이지요.

불필요의 미학

수도가 고장 나서 콸콸 쏟아지는 물처럼 막을 수 없는 고민으로 머리가 복잡할 때면, "심플 이즈 베스트"라고 외치곤 단순하게 생각하는 버릇이 있다. 이를테면 빈틈 하나 없이 빠듯해 하루 일정을 전부 소화해내기 어려운 상황이라면, 굳이 필요하지 않은 일들은 과감하게 지워 버렸다. 지워버린 일을 여유가 있는 날에 슬쩍 끼워 넣는 게 아니라 여유가 있는 날은 온전히 그 여유를 만끽했다. 정말로 단순한 사람.

또 식당이나 카페에 들어서면 빼곡히 적혀진 메뉴판이 눈을 어지럽게 만들어 음식이나 음료를 고르지 못할 때도 있었다. 그런 경우는 사장님에게 "시그니처 메뉴가 뭐예요?"라고 묻는 것도 현명한 방법이 될 수도 있겠지만, 나의 취향에 맞지 않는 것들을 먼저 골라냈다. 불필요의 미학이라고 해야 할까, 이렇게 불필요한 것들을 여과하는 게 더 어렵게 느껴지는 사람들도 있을 것이다. 하지만 확고한 확신이 있지 않다면 선택의 범위를 좁힐 수가 있기에 은근히 간편하게 사용하는 일종의 노하우이다.

요즘 현대인들의 큰 난제와 같은 말이 있다. 바로 '행복해지기, 행복하게 살기'이다. 누구나 행복을 말하지만, 이게 참 어렵다. 행복을 향한 걸음이 패키지여행처럼 여정이 딱딱 정해져 있는 것도 아니고 잘못된 곳이 있으면 바로잡아주는 정오표도 없기 때문이다. 이럴 때 불필요의 미학을 구사해도 되지 않을까.

당신이 지금 행복해지고 싶다면 나를 웃게 만드는 일을 찾는 것도 중요할 테지만, 먼저 당신을 불행하게 하는 일을 하나둘씩 치워버리는 것도 좋은 방법이 될 수도 있다는 뜻이다. 다만, 불행만을 지우다가 행복해지는 방법을 잊어버려선 안 된다.

자, 불행하게 하는 일을 말끔히 지워냈으면 당신은 이제 행복해지는 일만 남았다.

애매한 건 싫어요

"애매한 건 싫어요."

"네..?"

제주 여행 중, 우연히 만났던 어떤 분과의 대화였다. 사람은 이상하게 '다시는 마주칠 일이 없겠지'하는 이유로 원래 알고 지낸 사람보다 처음 만난 사람 앞에서 본연의 마음을 털어놓기도 한다.

"그런 거 있잖아요. 사람이 음식도 아닌데 간만 계속 보는 거요. 어장관리라고 해야 하나. 사회에서 만난 사람들은 관계를 유지하면, 이 사람이 얼마나 나에게 득이 되는지 실이 되는지를 따지는 거요. 꼭 그런 사람들이 내가 하는 일이 잘 될 땐 단물만 쪽쪽 다 빨아먹고 내가 조금 힘들다 싶으면 쥐도 새도 모르게 사라지더라고요."

내가 말을 받으려는 겨를도 없이 그다음 말을 이어갔다.

"또 있잖아요. 이성과의 관계도 잰다고 해야 하나. 뭘 그렇게 밀고 당기고를 반복하는지. 뭐, 그때가 가장 설렐 때라고도 하는 사람도 있지만. 어휴, 머리 아파요. 복잡해요. 전 단순해요. 그냥 솔직하게 나 당신 좋소, 나 당신 싫소, 말하는 사람이 좋아요. 저는 투명하게 마음을 보여주는 편이라 그런지 마음이 투명하게 보이는 사람에게 끌리더라고요. 이제 이런 관계들을 정리하려고 여행 온 거예요. 얼마나 좋아요. 매일 시멘트벽만 보다가 돌담 옆에 앉아 제주의 푸른 밤과 함께하는 게. 정리하기 딱 좋은 날이죠."

나는 가만히 듣다가 한 줌 한 줌 말을 모으고, 추려서 짧은 말을 건넸다.

"맞네요. 올 거면 절대로 없어지지 않을 것처럼 오던가, 갈 거면 절대로 뒤돌아보지 않을 것처럼 가던가, 그렇죠?"

사람 냄새

사람이 삶을 살아가면서 가장 어려운 부분 중 하나는 '내 뜻대로 되지 않는 것'이다. 늘 그랬다. 우리 삶은 마음처럼 되지 않는 결점투성이다. 이런 마음이 드는 건 여러 원인이 있겠지만 어쩌면 그 이유는 하나로 밀집될지도 모르겠다. 지금까지 나의 만족을 채우는 일이 존재하지 않았다는 것. 그리고 그것은 사람에게 결점으로 다가온다.

잊지 말아야 할 것이 있다. 두려움이 없다면 용기가 존재할 수 없듯, 결점이 없는 완벽함은 없다는 것이다. 물론, 천성이 타고나 결점이라곤 하나도 찾아볼 수 없는 사람도 분명 존재할 것이다. 또한 남들에 반해 노력이 적음에도 불구하고 노력 대비 결과나 성과가 비이상적으로 좋은 사람들도 있을 것이다. 하지만 우리 앞에 부족한 부분이 없는 완벽한 사람이 있다면 그 사람에게 존경을 느끼기보다는 아무 매력도 느끼지 못할 것이다. 오히려 우리는 자신의 부족한 결점을 채워나가는 간절한 모습을 통해 한 개인에게 사람다운 매력을 느끼고 사람다운 냄새를 맡을 수 있다.

인생은 습작과도 같은 것이다. 완전한 삶도 없고, 완벽한 사람도 없다. 우리는 각자 예술가로서 저마다의 개성이 담긴 그림 한 점을 그려가는 중이다. 마주하는 삶의 난관을 짚어보며 온갖 우여곡절을 경험하고, 인생의 기복에 대처하는 연습도 해보고, 걸작이 될지 졸작이 될지는 결국 나의 마음가짐에 달려있다. 부족함과 결점에 스스로 침몰하지 않고, 더 나은 사람이 되려 하는 간절함을 가지고 있다면 우리에겐 아직 좋은 사람이 될 기회들은 널려있다. 문득 어떤 드라마의 대사가 머릿속을 맴돈다. 그 대사는 이렇다.

"인간의 간절함은 못 여는 문이 없고 때론 그 열린 문 하나가 신의 계획에 변수가 되기도 한다."

늦여름 장마철

하루의 마무리도 못 한 채 어느결에 얕은 잠자리에 들었다가 처연하게 하늘이 우는 소리에 눈을 뜬다. 마치 보내기 싫은 사람을 보내야만 하는 사람이 몰래 우는 것만 같다.

비가 내리는 모습을 보는 걸 좋아한다. 고백하자면 좋아함을 넘어서 편애한다. 추적추적 내리는 비를 보고 있자면 마음속 가지고 있는 체증이라든지, 그리운 사람이라든지, 잡다한 여러 가지 잡념들이 전부 씻겨 내려가는 듯한 기분이 든다.

빗물로 질펀하게 괴일 거리의 밤 풍경이 아름답기도 하면서 때로는 애잔하게 마음을 적시는 늦여름의 장마철이다.

언제부턴가 관조의 자세로 계절마다 발생하는 현상들을 바라보는 특이한 버릇이 생겼다. 여름으로 예를 들자면, 여름철 능소화가 피면 곧 장마가 찾아온다는 것. 빗물을 맞은 세상의 색은 진해지고 소리는 더 멀리 퍼진다는 것. 우산이 없는 사람은 기다림으로, 우산이 있는 사람은 마중으로 사랑의 잔상들이 희미하게나마 보인다는 것. 비가 그친 날의 노을은 더없이 붉고 아름답다는 것. 내게 일어난 일을 부정하지 않고 받아들이는 연습과도 같은 일이다.

요즘은 관조의 자세를 벗어나 그 장면들 속에 나를 두려고 한다. 우산을 들고 마중을 가는 사람, 우산 아래 두 사람, 젖어가는 어깨, 걱정하는 눈빛, 괜찮다는 말들, 목을 길게 빼고 배웅하는 사람. 비가 내리는 날에는 더 잘 보이는 감정의 형태들이 있다.

새로운 취미가 생겼다. 비가 내리는 밤이면 희미한 사랑의 행방을 따라서 집을 나선다.

사랑의 잔상

가끔 관계에 대해서 질문을 받을 때가 있다. 이런 원초적인 질문을 받을 때면 목덜미에 땀이 흐르곤 한다. 인간관계는 이 상황엔 이렇게 대처하고, 저 상황엔 저렇게 대처하는 틀에 얽매여있는 형식이 없기에 선뜻 답을 건네드릴 수가 없다. 그 질문을 해결하기 위해 짧은 시간 안에 무턱대고 말을 뱉었다가는 독선獨善이 될 수도 있기에. 그렇지만 한데 어우를 수 있는, 적당히 비벼 내어줄 수 있는 식은 있다.

내가 받은 질문은 "좋은 관계가 뭘까요?"라는 문장이었다.

"좋은 관계는 본연의 모습이 숨김없이 나오는 편안한

사람과의 관계가 아닐까요? 저 역시도 다른 사람에게 제 본모습은 잘 안 보여줘요. 그런데 이상하게 저의 본모습을 숨기려고 해도 자꾸 나오게 되는 그런 사람들이 있어요. 고단한 마음을 놓이게 하는 매력을 가진 사람들일까요? 햇수가 지나면 지날수록 그런 사람들만 찾게 되는 것 같더라고요. 참 고마운 사람들이죠. 전에는 알지 못했지만, 이런 편안함 속에는 그 사람들의 헤아림과 배려가 있었는지도 모르겠네요. 물론 고마운 분들에게 저 역시도 그런 사람이 되어주어야겠지만."

그다음 질문은 사랑하는 사람에 관한 질문이었다. "이 사람이구나"라는 느낌이 드는 순간은 어떻게 판단할 수 있냐는 꽤 어려운. 이번에는 냇가를 예로 들어 말했다.

"만약에 말입니다. 냇가에 나가 노는 아이의 물장구 같은 마음이 당신의 가슴속에 자라고 있다면, 당신은 사랑하는 중일 겁니다. 작은 손으로 물결을 만들고 어떤 누군가를 만났었던 결들을 섣부르게 맞추어 보았을 때 '이게 우연이 아니었구나'라는 운명론을 맹신하게 된다면 당신은 이미 그 사랑에 잠식 중일 것이고요. 만약 지금

두 눈을 질끈 감아도 그냥 지나칠 수 없는 사람이 있다면, 다시 눈을 떴을 때 두 발이 어떤 사람에게 향하고 있다면, '그 사람'일지도 모르겠습니다."

또 언제는 이런 질문을 받은 적도 있었다. 누군가를 좋아하는 것과 사랑하는 것의 차이가 뭐냐는 질문. 어떻게 보면 정말 모호하지만, 이 둘의 확연한 차이를 알고 있다. 나는 이 답을 비를 예로 들어 설명했다.

"차이라…, 어떻게 보면 희미하지만 다르게 본다면 선명한 차이가 있어요. 만약 비가 내리는 날 함께 빗소리를 감상할 수 있다면 좋아하는 것이고요. 창을 때리는 빗소리에 헐레벌떡 그 속으로 뛰어들어가 놀고 웃을 수 있다면 그건 사랑에 가까울 겁니다. 아, 그리고 사랑이 끝난 후에도 알 수 있는 것 같아요. 이별이라는 선고가 내려졌을 때 좋아했던 날들은 마냥 웃으면서 추억이 될 수 있는데, 사랑했던 날들은 돌아봤을 때 눈물짓게 하는 기억으로 남을 겁니다."

지금은 유효하지 않은 과거의 서사에 불과하지만, 사

랑이 훑고 지나간 자리에는 늘 무언가 남아 있다. 남겨질 수밖에 없는 것인지, 남아 있을 수밖에 없는 것인지. 서로의 행복을 빌어주며 끝을 맺었든 불행을 고하며 끝을 맺었든, 여지없이 지나간 사랑에 대해서 사람은 애틋한 마음을 가질 수밖에 없다. 아마 지금은 섣부르게 용기 낼 수 없는 환상 같은 것들을 믿고 상대방을 바라보고 있는 애틋한 나의 모습 때문이지 않을까.

천천히 눈을 감는다. 사랑이 남기고 간 아른거리는 잔상들을 살펴본다. 어떤 장면이 떠오르고, 내가 보이고, 내 옆에 어떤 사람이 있다면 바로 '그 사람'이다. 당신의 삶에 사랑의 잔상을 남기고 간 사람.

당신의 추억 속에 많은 내가 유영하기를

'사람은 추억을 먹고 산다'라는 말이 있을 정도로 여러 가지 일들을 과거 속에서 떠올립니다. 대개 옛 기억 중, 행복했던 순간이나 인상 깊었던 기억을 추억이라 일컫기도 하죠.

혹자들은 말합니다. 추억은 지나온 시간에 불과해 힘이 없다고. 부질없는 기억들이라고. 우리는 미래를 위해 살아가야 한다고. 흔히 추억에 빠져 사는 이들에게 비꼬는 말로 추억 팔이라고 부르기도 합니다. 부정하진 않습니다. 정도가 심하면 추억을 과다 복용해 현재를 직시하지 못하는 후유증을 앓을 때도 있으니까요.

하지만 저는 보이지 않는 먼 미래보다 지나온 과거의

시간이 더 강한 힘을 가지고 있다고 믿고 있습니다. 미래는 바라보는 게 어려울 정도로 불투명하잖아요. 원래 사람이라는 존재는 보이지 않는 일에 큰 불안을 느끼기 마련이니, 어두컴컴한 미래에 대한 불안을 덮고 있을 때 추억을 촛대 삼아 그 불안을 태우기도 합니다. 그렇다고 과거의 영광에 도취한다는 말이 아닙니다. 오늘날의 고단한 마음을 과거의 어느 시절로 도치시킴으로써 마음의 위안을 얻을 수 있다는 뜻입니다. 그런 시간은 다시 미래를 향해 나아갈 이유나 마음가짐을 넌지시 제시해 주곤 하니까요.

오늘날 추억할 거리가 많다는 뜻은, 돌아가고 싶은 순간이 많다는 말은, 그만큼 행복했던 날이 많았다는 말과 다름없을 것입니다.

한때, 추억할 거리가 많다며 좋아하던 시절이 있었습니다. 이제는 남은 추억마저 허물어져 간다며 더 잊기 전에 지나왔던 시간에 머리를 기댔던 날들이 많아졌습니다. 당신에게 해주고 싶은 말이 있습니다. 당신의 추억 속에 많은 내가 유영했으면 좋겠습니다. 그 시절 나의 행복이 당신이었던 것만큼, 딱 그 정도면 괜찮을 것 같습니다.

감정의 무게

영화 '봄날은 간다'를 볼 때였다. 주인공 상우가 말한다.

"사랑이 어떻게 변하니?"

자조와 회한이 반쯤 섞인 질문을 나에게 던져본다.

'사랑은 변할 수 있을까, 아니면 변하지 않을까.'

사실 나는 후자를 믿는다. 사랑은 변하지 않는다. 다만 그 사랑을 대하는 태도가 변했을 뿐이다. 우리가 그 사랑을 바라보는 눈빛이 달라졌을 뿐이며 그 사랑을 발음하는 우리의 입 모양이 변했을 뿐이다.

돌아보면 그랬다. 사랑이라는 감정은 언제나 의연하게 제자리를 지키고 있지만, 연인들은 다리에 쥐가 났는지 그 자리를 박차고 일어난다. 태도가 변했다는 것에 권태라는 당위성을 부여하며. 돌아서는 일이 불가피한 것이라 여기며.

천만다행이라고 말해야 하는 게 맞는지는 모르겠지만, 간혹 서로의 마음이 동시에 멀어지는 경우가 있다. 이때는 주먹구구식의 미소와 잘 지내라는 식의 말쯤이야 상대방에게 내어 보일 수 있다.

하지만 애석하게도 대부분의 이별은 동시에 찾아오지 않는다. 이별이라는 말을 자세히 헤아리면 그 이유가 보인다. '떠날 이離, 나눌 별別' 하지만 별의 다른 뜻으로 '다를 별別'이 있다. 이 세 가지의 뜻을 한데 묶어 내 멋대로 해석해 보자면 "떠나게 되는 일은 각자 다르게 찾아온다"쯤이 될까.

사실은 이별뿐만이 아니라 헤어짐에 관해 별이 붙는 단어들은 대부분 그렇다. 피가 섞인 혈육과 헤어지게 되는 생이별도 그렇고, 곁에 있던 사람이 죽음으로 맞이하는 사별도 그렇다. 석별, 고별, 작별. 떠나가는 사람이 있으면 남겨진 사람이 생기기 마련이다. 이때 남겨진 사람은 감정에도 무게가 있다는 것을 불현듯 깨닫게 된다.

"사랑하는 사람을 떠나보내면 감정의 무게를 알게 된다. 무거운지, 가벼운지 견뎌내는 건 오로지 남겨진 자의 몫이다."

책임감의 무게

책임감이라는 무게를 온전히 짊어보지 못한 사람은
이 세상에 존재하는 그 어떠한 것도 제대로 들 수 없다.

사과와 용서

사과는 남에게 용서를 받기 위한 말이 아니라 나의 잘못을 고백하는 일인 것이지요. 그러기에 헐벗은 심장의 치부를 내어놓지 않으면 전달되기 어려운 법이지요. 간혹 절대로 용서받을 수 없을 거라 여겼던 일이라도 자기 잘못을 거짓 없이 솔직하게 고백하면 관용이 손을 잡아 주는 날은 올 거라 믿습니다. 쉬운 사과도, 쉬운 용서도 이 세상엔 없습니다.

가난과 사랑

두 손 가득 쥐고 있는 게 많은 사람은 다른 무언가를 잡기 위해 어떤 것을 놓아야 할지 고민하겠지만, 손에 쥐고 있는 게 고작 하나인 사람은 다른 무언가를 잡기 위해 무엇을 놓아야 할지 고민하지 않는다. 오히려 다른 무언가를 잡게 되면 원래 가지고 있었던 하나를 계속 잡을 수 있을까 근심한다.

매번 그랬다. 가난과 사랑의 화음이 만나면 단조를 가진 아픈 변주를 구성한다. 처연한 바이올린 소리가 먼저 들리고 이어서 오보에, 바순, 첼로, 콘트라베이스 그리고 피아노로 이어지는 눈물겨운 교향곡이 탄생한다. 이 가난은 보이는 외적인 가난뿐만이 아니라 내적인 가난도 해당하는 이야기이다.

우리는 인간이기에 서로가 가지고 있는 마음의 총량은 다를지도 모르겠지만, 건네주는 본질의 총량은 다르지 않다. 상대방에게 받은 마음이 나에겐 작은 것에 불과할지라도 그 사람에겐 그게 전부일지도 모른다.

"해줄 수 있는 게 이것밖에 없어…"라고 시작하는 문장들을 꿰뚫어 보려 노력하면 언뜻 그 속뜻이 보이기도 한다. 아마, "내 가진 사랑은 당신밖에 없어, 당신은 나의 전부가 될 수 있네"라는 문장과 일맥상통할 것이다.

사랑이라 발음하지 않아도

비 내리는 날, 손금으로 비를 담는 여자, 마중을 기다리는 눈동자, 연신 흔들리는 우산, 배웅을 나온 남자, 달려와 안기는 사람, 머리를 쓰다듬는 손, 마주 보는 눈빛, 눈높이를 맞추는 무릎, 기울어지는 고개, 포개지는 얼굴, 입과 입 사이, 숨과 숨을 주고받는 소리, 두 개의 그림자, 젖어가는 어깨, 가까워지는 몸과 몸, 보폭을 맞춘 걸음, 서로를 응시하는 두 사람, 잘 가라는 말, 돌아서는 사람, 잘 자라는 말, 다시 돌아서는 사람, 미소와 웃음.

사랑이라 발음하지 않아도 사랑을 느낄 수 있는 순간들.

가을의 단상

수려한 여름꽃이 낙화한다
애석함과 아쉬움을 뒤로한 채
단풍이 찬란하게 거리를 물들이고 있다
단풍이 되지 못한 잎들은
고엽으로 떨어지기도 하겠지만
나라는 존재가 당신에게
찬란으로 다가갈 수 있기를

가을의 말

담백하게 이야기를 풀어놓는 화법을 좋아한다. 언어의 기교처럼 휘황찬란한 화법畫法이 아니라 정제된 문장들로 대화를 음미할 수 있게 만드는 화법話法을 구사하는 사람에게 정이 간다. 그런 사람들은 그렇게 말하기까지 얼마나 많은 계절을 지나왔으며 스스로 단련해왔을까, 묻고 싶었던 날도 있었다.

가끔 대화를 나누면 그런 사람이 보인다. 솔깃한 단어로 상대방의 환심을 사려는 게 아니라 진솔한 단어로 궁금증과 호감이 동시에 생기는 사람. 잘 보이려는 구석 없이 툭툭 말을 내뱉지만, 이상하리만치 잘 맞물려가는 사람. 정보의 교환이 아니라, 생각의 교류를 느낄 수 있는 사람. 말끝마다 적정의 선은 지키지만, 마음의 선은 자꾸만 넘어가고 싶은 사람. 나는 나대로, 너는 너대로 서로의 음표와 박자를 잃지 않아서 조화로운 교향곡이 완성되는 사람. "저기 있잖아요"라며 자꾸만 말을 걸고 싶은 사람. 나는 그런 사람이 될 수 있을까.

가을의 초입에서 조금 이상한 사람을 만났다. 미련할 정도로 자신의 치부를 보란 듯이 보이며 당돌하게 말하는 사람. 좋은 모습을 보이기도 모자랄 판에 어둡고 침전된 자신의 속내를 보이는 사람. 나는 직감으로 알아챘다. '나 이렇게 악한 사람이니까 오지 마세요'가 아니라 '이런 나여도 좋아해 줄 수 있나요?'라고 말하고 있다는 것을. 나를 밀어내려는 게 아니라 나와 더 가까워지기 위해, 내가 편해서가 아니라 우리가 조금 더 자유로워지기 위해 그런 말을 하는 것만 같았다. 우리의 시작은 이랬다.

"저 나쁜 사람이에요. 정말로 괜찮아요?"
"제가 더 나쁜 사람일 수도 있어요."

조금 걸을까요

조금 걸을까요. 보폭을 서로에게 맞추고 선선하게 걸을까요. 그러니까 서로를 조금 더 알아가 보자는 말입니다. "나는 이런 사람이고 이런 사람이다"라며 자랑을 말하기보단 "사실은, 저는요…"라며 아픈 구석 하나씩 꺼내어 보는 겁니다. 좋고 행복한 모습은 뒤로하고, 아리고 슬펐던 시절을 서로에게 건네주어 보는 겁니다. 아무 위로 없이, 아무 동정 없이. 그저 솔직한 우리의 이야기를 해보자는 겁니다. "좋은 사람들과 행복한 시간 보내세요"라는 말은 하지만 "우울한 사람들과 슬픈 시간 보내세요"라는 말은 하지 않잖아요. 사실 우리 삶에서 행복도 중요하지만, 슬픔을 해소하는 일이 정말 중요하거든요. 어떻게 슬픔을 해소하느냐에 따라서 세상을 바라보는 눈빛이 달라지잖아요.

그럼 이제 시작해 볼까요. 당신의 슬픔도 나는 끌어안을 수 있으니, 도망치지 않을 자신 있으니, 새벽을 슬픔으로 덕지덕지 칠해봅시다. 슬픔을 마치고 나온 연한 웃음을 서로에게 지어봅시다.

"두부김치에 소주 한 잔?"이라는 말에 "그거는 됐고, 산책이나 할래요?"라는 말에 숨어있었던 저는 알지만, 당신은 모르는 비밀입니다. 이것 말고도 비밀은 많지만, 나중에 천천히 얘기하기로 합시다. 괜찮으시다면 슬픔의 방 앞에서 노크 좀 하겠습니다.

똑, 똑

저 들어갑니다.

국화꽃 마중

기억에도 단상이 있다. 가까운 기억일수록 그 단상은 머릿속에 선명하게 남고, 가까운 시간일수록 기억을 밝히는 일이 어렵지 않다. 하지만 먼 기억일수록 그 단상은 짧은 메모와 같이 조각조각 머릿속에 어질러져 있고, 먼 시간일수록 기억을 불러내 정돈시키는 일이 어지간히 어려운 작업이 되어버린다.

이렇게 어려운 작업을 해내는 게 사람의 머리가 아니라 공간이 되기도 한다. 나는 이것을 공간에 사람을 입히는 일이라고 말한다. 그러니까, 서로의 체취가 섞여 숨과 숨이 맞닿아 향이 밴 공간이라면 오래전 짤막한 메모와 같은 기억이라도 한 편의 산문으로 그리운 사람을 불러낼 수 있다는 뜻이다.

별생각 없이 우리가 무심히 지나온 장소가 어떤 사람의 절절한 사연이 관을 닫고 있는 곳일 수도 있고, 그리운 사람이 잠들어 있는 곳일지도 모른다. 아무도 살지 않는 폐가나 인적이 드문 외딴곳이라도 저마다의 기억들은 죽지 않고 숨 쉬고 있을 것이리라. 이런 피랍된 기억들은 메마른 일상 속 단비 같은 존재가 되어 이따금 내려주기도 한다.

우연히 마주한,
익숙한 곳에서,
꽤 질게.

살아가다 보면 까닭 없이 꽉 막힌 기분을 실감하는 날, 기분 전환할 수 있는 나만의 루틴이 있다. 옛 장소에 가보는 것이다. 그곳에서 낡은 기억의 필름을 끄집어내 호흡기를 붙인다. 찰나의 순간이지만 그때만큼은 난 영사기가 된다. 오래된 편지처럼 퀴퀴하게 쌓여있던 과거의 단상들을 현재로 불러낸다.

오늘은 유년 시절을 보냈었던 동네를 한 바퀴 돌고 오

는 길이다. 내가 다녔던 유치원은 보건소라는 이름으로 바뀌어 있었다. 어린 날의 공간이 사라진 것에 아쉬움을 느끼면서도 저렴한 비용으로 사람들을 돌보는 집이 지어졌다는 것에 내심 미소를 지었다. 유치원을 기점으로 찬찬히 발을 나부끼며 어린 기억의 단상을 불러냈다.

내가 목말을 태워달라며 아빠에게 응석을 부리고 있었고, 그런 나를 보며 "나중에 커서는 네가 아빠 업어줘야 한다"라며 웃으시는 아버지가 보인다.

지금, 이 순간에도 세상 곳곳에서는 공간에 사람을 입히는 일이 비일비재하게 일어나고 있을 것이다. 그렇게 입혀진 기억들은 언젠가 찾아올 당신의 헛헛함을 달래주기 위해 여전히 그곳에 살고 있을 것이다.

간혹, 이 세상 어디에서 찾을 수 없는 사람이어도 꿈이라는 장소에서 만날 때가 있다.

속에 담아 두었던 걱정과 밀려있던
이야기를 털어놓으라는 듯,

지상에서 하늘로 올려보낸

국화꽃 마중 나오듯이.

서로가 서로에게 노을 같은 존재

노을을 애정한다. 길을 걷다가 눈으로만 보기 아까운 붉은빛을 만나면 반사적으로 핸드폰 카메라로 남겨놓는 편이다. 하늘이 오렌지 빛깔로 물들어 가는 모습을 가만히 보고 있자면 '오늘 하루도 무사히 마무리했습니다'라는 표지판을 하늘에 걸어 놓은 것만 같다. 마음 한구석이 편안해지면서 일말의 안도감마저 든다. 한 조각의 하늘가라도 내 것이고 싶다.

사실 비가 그친 날 노을은 더 다채롭게 빛난다고 한다. 이건 내가 알고 지내는 사진작가님에게 들었던 말이다. 태풍이 한바탕 소란을 피우고 도망가면 하늘에 거대한 우주가 펼쳐진다고도 말했었던 기억이 있다.

조용한 가을비가 내리던 어느 날, 서울에 갈 일이 있었다. 볼일을 마치고 망원한강공원을 들렀다. 성산대교를 뒤로하고 뉘엿뉘엿 해가 지고 있었다. 그날은 비가 내리는 당일이라 노을이 이쁘지 않을 것이라 예상했지만 생각보다 노을빛이 아름다워서 다행이었다. 인파 또한 별로 없을 줄 알았지만, 신발이 젖을 정도의 비는 아니어서 그런지 북적였다. 그들은 지는 노을에 기대 여러 사랑이 서로의 모습을 찍어 준다. 젊은 연인들도 있었고, 잔잔히 걷고 있는 노부부도 있었고, 아이와 엄마도 있었다. 세대를 아우르며 사랑이 버무려지는 모습에 슬쩍 미소를 짓는다. 가만히 서서 유유히 사랑의 장면들을 유람했다. 그 아래, 잔망이는 윤슬은 사람들의 눈빛을 부드럽게 감싸 안고 있다. 눈맛이 좋은 곳.

얼마나 지났을까, 뜬금없이 친구와 만났었던 장면이 떠올랐다. 친구 놈이 요즘 내가 가장 사랑하는 사람이라며 반려견을 데리고 나온 적이 있었다. 녀석이 초연한 눈빛으로 반려견을 잡고 두 손 번쩍 들더니 궁상맞게 말한다.

“너는 아니? 내가 쓸쓸할 때마다 너한테 엄청난 위로를 받고 있단다.”

가만 보면 우리 사람도 매한가지다. 우리는 사랑하는 사람에게 나라는 사람이 위로될 수 있는 존재인 줄 모르고 살아간다. 늘, 부족하다 느끼고 무언가를 더 주지 못해 안타까워한다. 뭐 서로 피차일반이겠지.

더 있고 싶었지만, 이제는 가야 할 시간. 어슬녘이 오기 전, 나의 곁을 지켜준 사람들에 대한 고마운 마음을 윤슬 위에 몰래 적어놓고 돌아왔다.

“서로가 서로에게, 내가 너에게, 네가 나에게 노을 같은 존재라는 걸 우리는 모른다.”

당신을 쓰겠습니다

9월, 당신의 생일 전날이었을 것이다. 선물로 무엇을 받고 싶냐는 나의 말에 당신은 편지를 받고 싶다고 했고, 나는 작은 선물과 짧은 편지를 준비했다. 사실 편지라기보다는 짧은 메모와 같은 글이었다.

선물을 고르는 것도 보통 일이 아니지만, 편지는 더더욱 난해하다. 또 하필이면 나는 악필이다. 그렇지만 당신에게 처음으로 편지를 전하는 거였기에 내용이 너무 뻔한 말들은 성에 차지 않았다. 그러니까 굳이 사랑이라는 관념어가 세상에 존재하지 않더라도 당신을 사랑할 수 있는 그런 마음이었다면 이해할 수 있을까.

골머리를 싸맨 끝에 연서戀書를 쓸 수 있었다. 글자가

꼭 서울 광화문 앞 건물들같이 삐뚤빼뚤 들쑥날쑥한. 서투른 말로 이렇게 적었던 것 같다.

'이 세상에 존재하는 편지지가 모두 사라진다면 모든 사랑은 세상에서 사별한 게 분명할 겁니다. 혹시 모를 일로 편지지가 사라지더라도 은행잎을 뜯어 종이 삼아 당신을 쓰겠습니다. 가을의 초입에서'

이런 나의 마음, 당신이 읽었으려나 모르겠다.

당신의 이름

삶을 현명하게 살아가는 방법을 알려주는 곳은 그 어디에도 존재하지 않는다. 만약 그런 곳이 있다면, 사실은 거짓에 가까울 것이다. 각자의 삶이 있고, 각자의 사정이 있다. 놓여 있는 환경과 상황이 다른 만큼 적당한 대안을 내놓기는 쉽지 않다. 다만, 고민과 걱정거리가 있는 사람에게 격려와 응원을 건네는 방법은 존재한다.

가끔 주위에서 삶의 방황을 느끼거나 삶의 방향을 종잡을 수 없다며 하소연하는 지인들에게 나는 “네 이름처럼 살아”라며 성질은 조언과 비슷한 실없는 말을 던져놓고 도망간다. 무책임하다면 무책임해 보이겠지만, 나름의 의도가 존재한다.

"네 이름처럼 살아"라고 하는 말의 숨어있는 의도가 무엇이냐면 이런 것이다. 이름을 하나 정해보자. 예를 들어 이름이 아리따울 나娜에 영화 영榮인 나영이라고 해보자. 아름다운 영화와 같은 삶을 살아가라는 말이다. 이번에는 다른 예로 아리따울 나娜에 꽃 영榮인 나영이라고 해보자. 한글과 한문은 같지만, 뜻은 약간 다르다. 아름다운 꽃이 되는 삶을 살아가라는 말이다.

까짓것, 한 번쯤은 해보자. 무거운 삶의 무게를 체감할 때면 주문처럼 자신의 이름을 속으로 말해보는 것이다. 정말 도움이라곤 하나도 되지 않는 뜬금없는 조언 같지만, 알게 모르게 용기를 얻는 순간이 있을 것이다.

우리는 자신의 이름이 아름다운 단어인 줄도 모르고 남용하는 경향이 짙다. 잊지 말자, 이 세상에서 가장 중요한 단어는 당신의 이름이다.

오래가는 연인

누군가에게 마음을 내어주었을 때 연정의 구실을 찾으려고 해도 쉽사리 정황증거를 설명할 수 없게 된다. 본디 사랑이라는 감정은 어떤 까닭에 의해 발생하는 것이 아니기 때문이다. 하지만 사랑이 깊어지는 이유는 존재한다.

주위를 보면 오랜 시간 동안 연애를 이어가는 연인들이 있다. 그들은 특별한 무언가를 가지고 있는 것처럼 보이지만 사실은 그렇지 않다. 누구나 다 알고 있지만, 행동으로 쉽게 이어지지 않는 일을 하고 있을 뿐이다.

바로 '존중'과'이해'

사람은 모두 같을 수가 없다. 어떤 사람은 작은 상처에도 밤잠을 설치며 끙끙 앓는 사람이 있고, 어떤 사람은 큰 상처에도 밤잠 한 번이면 금방 잊는 사람이 있다. 그러기에 서로가 사랑에 대한 기준과 의미가 다른 건 당연한 일이다. 하지만 틀림과 다름을 받아들이지 못하는 연인들이 꽤 많다. 이 세상에 사랑의 결실을 본 횟수보다는 이별의 횟수가 더 많다는 게 증證이 될 수 있겠다.

존중이란, 서로의 다름을 인정하는 것에서부터 시작하고. 이해란, 그 다름을 헤아려주는 일에서부터 시작한다.

좋은 연애는 오로지 사랑이라는 감정만을 주고받지 않는다. 상대방에 대한 존중과 이해로 견고한 사랑을 형성한다. 이런 연애를 이어가는 연인들은 다툼이 생겼을 때, 대처하는 방식도 다르다. 단순히 사과와 용서를 위해 옳고 그름을 길게 늘어뜨려 서로의 잘잘못을 재단하는 게 아니라, 상황을 회고하며 이기심으로 들어찬 나를 지우고 상대를 생각한다.

'이 사람이 이런 부분에서 섭섭했을 수도 있겠구나.'

'나의 이런 행동으로 감정이 상했을 수도 있겠구나.'

존중은 사과를 만들고 이해는 용서를 부른다. 존중의 기준에 나 말고도 상대방을 동일선상에 두고, 이해의 기준에 나를 꺼내고 상대방을 대입한다. 이런 일련의 과정들이 사과와 용서 전에 일어난다.

마음에 내키지 않는 모습이 있더라도, 추구하는 삶의 방향이 다르더라도, 우리의 결이 어울리지 않아도, 그 사람을 향한 연정을 올곧이 품을 수 있는 것. 상대방은 단점이라 치부하는 모습들을 안아줄 수 있을 때, 우리는 '좋아하다'라는 말보다는 '사랑하다'가 어울리는 사람이 된다. 비록 지치게 되는 순간들이 존재하는 건 어쩔 수 없겠지만, 그런 마음가짐이 사랑하는 사람을 잃지 않는, 오랜 만남으로 가는 지름길이지 않을까.

"존중 위에 핀 이해라는 꽃말을 가진 연인들은 지지 않는 꽃이 될지도 모르겠다."

냉정과 열정 사이

"피렌체의 두오모는 연인들을 위한 곳이야. 그들의 영원한 사랑을 약속하는 장소지. 나중에 같이 올라가 줄래?"

"언제?"

"음…. 십 년 후? 쥰세이, 약속해 줄 거지?"

"그래, 약속해."

두 주인공의 나지막한 속삭임을 시작으로 영화 냉정과 열정 사이가 시작된다. 아름다운 이탈리아 피렌체를 배경으로 영화가 시작되지만, 이야기는 그리 아름답지만은 않다. 오래전 대학 시절에 헤어진 두 남녀 사이의 서사를 다룬 영화이다.

이제 막이 오른다.

그들의 서사는 열려있을까, 닫혀있을까.

남자 주인공인 쥰세이의 직업은 유화 복원 수련생이다. 죽어가는 명화에 생명을 불어넣어 다시 살려내는 일. 그의 직업이 나오자마자 손뼉을 탁하고 쳤다. 과거의 추억을 현재로 가져와 다시 숨 쉬게 만든다는 의미에서 그의 직업은 영화의 맛을 더 음미할 수 있게 해준다. 영화를 감상하던 중, 난데없이 이런 문장이 떠올랐다.

'저 두 사람, 바래진 시절의 초상肖像을 복원할 수 있을까?'

이별이라는 선고 이후에 한 번쯤은 이런 회상을 해본 적이 있을 것이다. '그런 선택을 하지 않았더라면 우리는 지금쯤 어땠을까'라며 유유히 떠오르는 어떤 사람과의 장면. 불현듯 피어올라 가슴을 쿵, 하고 내려앉게 만드는 장면. 지금은 그 기억이 시절의 단면이 되었지만, 어쩌면 기나긴 시절의 초입이 될 수 있었을지도 모르는 그런 장면들.

영화를 다 보고 난 뒤 한 가지 궁금증이 머릿속에서 뭉게구름처럼 피어올랐다.

'헤어진 두 남녀가 다시 만나는 조건이 있을까? 있다면 그 조건은 무엇일까?'

처음엔 이해되지 않았지만, 속으로 되뇌면 되뇔수록 이해되는 문장 하나가 만들어졌다. 소크라테스의 소자도 모르는 나의 개똥철학이 드디어 빛을 발하는 순간이다. 꽤 모순적이긴 하지만, 헤어진 연인이 다시 만나기 위한 전제 조건이 있다.

"전과 같은 우리가 되어야 함과 동시에 전과는 다른 우리가 되어야 한다는 것."

시절 인연1

그 당시에는 피부로 느끼지 못했지만, 깨기 싫은 꿈같은 날들이 있었습니다. 꼭 그런 날들은 시간이 지나서 다시 꾸고 싶은 꿈이길 바랐던 적도 많았습니다.

이 세상을 살면서 뜻하지 않는 우연으로, 백일몽 같은 행운의 숨결을 빌려 당신을 마주하게 되더라도 사랑한다는 말은 자꾸만 청승맞게 미끄러져서 다른 말로 대신해야 할 것입니다. 당신의 안녕을 빕니다.

시절 인연2

언제였는지 정확하게 기억나지 않지만, 이런 이야기를 들은 적이 있었다. 사람은 소중한 대상을 세상에 잃어버렸을 때, 하늘을 올려다보는 경우가 많다고. 혹시 주위에 측은한 얼굴로 하늘을 바라보는 사람이 옆에 있다면 혼자 내버려 두지 말고 곁에 있어 주라는 당부까지.

어찌 보면 단순하면서도 이해되는 인과의 모습이다. 사람은 무언가를 잃고 처량하게 하늘을 바라보는 경우가 꽤 많으니까. 밤하늘로 시작해서 새벽의 짙은 공기를 거쳐 푸른 하늘까지도 눈이 풀린 채로 멍하니 바라보는 경우가 꽤 있으니까. 그 잃어버린 무언가가 어떤 대상일 수도 있고 소유할 수 없는 감정일 수도 있겠다.

그런데 말이다. 예전에 누군가와 했던 말이 앞코에 걸린 돌부리처럼 '툭툭'하고 가슴께에서 걸린다. 나는 하늘에 시선을 두는 사람은 이미 소중한 것들을 잃어버린 사람이라고 말했다. 주인 잃은 강아지는 마지막으로 주인이 떠나갔던 방향을 보고 있다고. 사람도 동물이라 그런 이치랑 비슷할 거라고. 나의 말에 그 사람은 하늘에 시선을 둘 줄 아는 사람은 이미 소중한 것들에 마음을 둘 줄 아는 사람이라고 말했다. 하늘은 언제나 말없이 우리 곁에 있지 않냐고. 소중한 것들은 늘 소리 없이 곁에 있지만, 애석하게도 소리 없이 사라진다고. 한번 잃어봤기에 곁에 있어 주는 소중한 사람을 아는 이치랑 비슷할 거라고.

수많은 한철이 지난 지금에서야 나는 내 말이 틀렸고 당신의 말이 맞았다고 겨우, 이해한다. 소중했던 존재들은 소란보다는 고요 속에 살아간다. 어리석게도 나는 이제야 당신의 말을 받아들이며 하늘만이 주는 힘이 있다고 믿고 있다.

문득 하늘을 올려다보면 더없이 맑게 웃고 있는 당신

이 보인다. 당신의 눈동자에는 부지런하게 입꼬리를 틀고 있는 내가 설핏설핏 비친다. 그곳엔 서로의 입술이 서로의 입을 서성거리던 밤이 있고, 감히 사랑이라 부를 수 있어서 아름다웠던 우리의 시절 인연이 미소 짓고 있다.

다분하게 늦은 감이 있지만, 이른 아침이길 하는 바람으로. 함께했던 날들이 풍장을 거쳐 세상 곳곳에 뿌려졌다 하더라도. 반가운 답서가 올지, 구겨진 백지가 올지도 모를 "잘 지냈어?" 이 한마디를 하기 위해 내가 얼마나 애를 쓰면서 살아가고 있는지. 조금 오래 걸리더라도 부끄럽지 않은 사람이 되려 하는 나를, 당신은 모른다.

어떤 진심

기다리고 기다려야 이루어질 수 있는 일이 있듯이,

아끼고 아껴야 전할 수 있는 진심이 있다.

유의어

글을 다루기 시작하고 나서부터 사전을 보는 일을 좋아한다. 원래 알고 있던 단어라도 사전을 세밀하게 들여다보면 단어의 의미를 더 견고하게 각인시킬 수 있고, 파생의 결이 일어나 그 의미를 더 확장 시킬 수도 있기 때문이다.

또 나는 일반적인 사전 말고도 다른 사전 하나를 더 가지고 다닌다. 종종 나는 머릿속에 있는 '나의 삶'이라는 사전에서 너의 이름을 살펴보기도 하는데 우리가 더는 우리가 아님에도 불구하고 아직도 내가 유의어로 나온다. 아직 교정이 덜 됐나 싶어서 다시 펼쳐봤지만, 사전엔 전혀 문제가 없었다. 난데없이 심장에선 심포니의 연회가 펼쳐졌지만, 단지 기억의 미화였다.

놓치는 사람

생일 케이크에 꽂는 초의 수가 많아질수록 빈번히 놓치는 일들이 생긴다. 나중에 먹어야지 해놓곤 냉장고 문을 열어보면 유통기한이 지난 음식이 나오고, 조금만 이따 해야지 해놓곤 미뤄두었던 일은 손을 대지 못하는 일로 탈바꿈이 되어버린다. 이뿐만이 아니다. 받지 못한 전화를 보곤 할 일 다 끝내놓고 연락해야지 해놓곤 숙면과 동시에 영영 찾을 수 없는 기억이 되어버리고, 잡은 약속을 깜빡하고 다른 약속으로 덮어버리기도 했다. 기억력이 나빠졌다고 말을 하기엔 어딘가 무심하고, 그렇다고 귀찮았다고 말을 하기엔 또 한심했다가 더 가까운. 나이를 먹어갈수록 '아, 맞다…'의 순간들이 많아진다.

이런 나의 무심함이 어떤 것은 버려야 하는 것으로, 어떤 일은 손대지 못하는 것으로 만들어버렸다. 어떤 사람에겐 돌아오지 않는 기다림을 주었을 것이며 어떤 사람에겐 섭섭한 생채기를 안겼을 것이다.

염치없지만, 뒤늦게나마 지난 발자취들을 반추하는 시간을 갖기도 했다. 무심함으로 놓쳤던 사람이 얼마나 많았을지, 놓쳤던 사랑이 얼마나 숱했는지. 반가움의 안녕으로 다가온 사람에게 끝인사의 안녕으로 말해 버렸던 날은 없었는지. 따뜻한 봄바람으로 불어온 사람을 서늘한 겨울바람으로 날려 버렸던 일은 없었는지.

꽃은 피는데 계절은 지고

당신의 생활에 내가 살고 있다는 걸 알았을 때, 선명한 계절이 낯선 곳에 내려앉았다. 나에게 불던 바람이 당신이란 걸 느꼈을 때, 세상의 모든 균형이 무너져도 괜찮지 않을까, 싶었다. 가끔은 당신이 없었던 지난날에 기웃거리기도 하며 공손하지 못했던 날들에 대해 늦은 반성을 하는 날도 있었다. 얼마나 지났을까, 눈이 멀었던 심장은 다시 세상이 보이고, 더는 복원될 수 없는 날이 온다. 설익은 시절은 가고, 조율할 수 없는 지금이 온다. 곳곳에 온도를 잃은 햇볕들이 앉아 있고. 다녀간 일은 있지만, 남겨진 것은 없다.

꽃은 피는데 계절은 지고,
이르는 곳마다 사랑은 있는데 우리는 없고.

엇갈린 시절

나 스스로가 별 볼 일 없는 사람이라고 느껴질 때 즈음, 당신에게 해주고 싶은 것들이 많았지만, 나는 마치 모래가 얇은 백사장과 같아서 파도가 한번 삼키고 가면 남겨져 있는 것이 없는 비렁뱅이였다. 겉 생활도 그렇고 안 생활도 그렇고 가진 게 녹록지 않은 가난한 사람이었다. 당신에겐 이런 볼품없는 모습보다는 괜찮은 모습만 보여주고 싶었다. 꺼질 줄 모르는 고민을 저기 반달 위에 걸어두고 새벽을 보내기를 며칠. 자격이 필요하다, 생각했다.

아직 미숙한 내가 당신에게 줄 괜찮지 않은 것들을 골라냈고, 나에게 없는 것들을 조금씩 채우기 시작했고, 지나친 것들은 조금씩 덜어내기 시작했다. 이쯤이면 됐겠다, 싫어서 괜찮아진 것들과 쓸모 있는 것들을 가지고 우리가 있었던 자리로 돌아가면 당신은 늘 멀어져 있었다.

더 슬픈 일

"인간이 이별 앞에서 자꾸만 무너지는 이유는 이별이라는 그 자체에서 오는 상실의 아픔이 아니라 이별 후에도 자꾸만 지속되는 나의 사랑 때문이다."

오래전 내가 쓴 일기의 한 부분이다. 이제는 '다 밀려나고 다시 오고 하는 것이지'라고 되뇌며 인연의 끝 앞에서 아쉬움이 없어졌다. 다만, 조금 신경 쓰이는 건 이별이 더는 슬픈 일이 아닌 사람이 되었다는 것이다. 관계의 형성과 종말에 대해 스스로 잘 알고 있기 때문이다. 시작하는 일보다 끝내는 일이 더 어렵다는 것을. 만남보다 이별이 더 어려운 일이라는 것을.

앞으로 다가올 이별이 더는 슬프지 않고, 무서운 일이

아니라는 게. 이별에 의연한 사람이 되었다는 일이. 이별보다 더 슬픈 일이다.

나를 해방하는 시간

사람은 해방할 수 있는 저마다의 공간과 시간이 필요하다. 우아함과 고상함을 뒤로한 채로 마음껏 흐트러질 수 있고, 벌거벗은 나를 만날 수 있는 곳. 마음껏 남루한 모습을 보일 수 있고, 냉철한 시선으로 신랄하게 나를 비평도 해볼 수 있는 곳. 담아둔 것들을 놓고 돌아올 수 있고, 마음껏 누추함을 드러내도 안도감과 편안함으로 지낼 수 있는 곳. 혼자여야 더욱 빛을 발하며 혼자이기에 더욱 간절해지는 시간. 그곳에서 벌어지는 일들은 일탈과는 조금은 다른 개념이다.

이때만큼은 어디에도 속하지 못하는 사람이어도 상관없다. 이때만큼은 현실과 동떨어져서 서투른 사람이어도 상관없다. 온전히 나만의 공간 속에서 지나온 시간을 장작 삼아 불을 지피고 나를 볼 수 있는 시간을 가져야 한다. 나라는 사람이 무엇을 할 때 숨을 쉴 수 있고, 어떤 사람과 함께했을 때 조금 더 웃었는지. 메마른 시간이 곧 공허함으로 나에게 찾아올 때면 나는 곧장 물을 마시려고 했던 사람인지 아니면 그 메마름조차 사랑했던 사람이었는지. 별것 아닌 질문들을 내가 나에게 던지며 과묵과 침묵 그 언저리에서, 내가 나를 느낄 줄 아는 사람이 되어야 한다. 그것이 곧, 나를 지켜내는 일이라는 걸 알아야 한다.

이번 주말엔 서해로 갈까, 동해로 갈까, 아니면 남해로 갈까. 바다 한가운데에서 나만의 불을 지펴야겠다.

아픈 손가락

어떤 사람은 저 먼발치에서 보이는 모습에 반가운 웃음을 참을 수 없는 사람이 있고, 어떤 사람은 내일을 맞이하는 헤어짐이 아쉬워 오늘은 조금 더 같이 있자고 말하고 싶은 사람이 있다.

그런데 이상하게 그런 사람이 있다.

눈빛만으로도 서로의 마음을 알 것 같아서 눈물이 나오게 만드는 사람. 당신의 곁에서 위로해 줄 용기도 없으면서 걱정이 앞서는 사람. 골목 귀퉁이에 뒤돌아서 고개를 들어 차오르는 눈물을 겨우 삼켜내고 다시 돌아서 옅은 미소를 보이며 만나야만 하는 그런 사람이 있다.

죄와 벌

"돌이켜 보면 그렇다. 사람은 자기도 모르는 사이, 예기치 못한 순간에 죄를 짓는다. 그리고 그걸 깨닫게 되는 순간 가혹한 형벌은 이미 내려져 있다."

자유롭게 살고 싶다는 나만의 언약으로 감내해야 할 일들을 등한시하고, 오로지 하고 싶은 일만을 고집하며 살아왔던 날이 있었다. 이제 그런 시간이 꽤 흘러서 '부모'라는 사람들의 몸이 느려지고, 이곳저곳 고장이 나는 곳이 보이는데 숨어서 바라보는 일 말고는 내가 할 수 있는 일이 없었다.

세상사 모두 결과적으로 판단되지 않던가, 결과론적으로 보자면 자유를 핑계로 한참을 겉돌며 멋대로 살아왔던 시절은 지금의 나에겐 죄가 되었고, 그들을 바라보는 일이 최선이라는 게 하늘이 내린 최악의 벌이 되었다.

내 안의 법정에서 공판이 벌어진다. 웃긴 건, 피고인도 나이고 판사 역할 또한 나의 몫이었다. 곧 심판이 내려진다.

'땅, 땅, 땅'

죄명은 무無이다. 아무것도 할 수 있는 게 없다는 뜻이다. 사랑하는 그대에게.

계절과의 동행1

행복 뭐 별거 있나, 봄이면 살랑살랑 걸으면서 꽃구경 다니고. 여름이면 에어컨 밑에서 아니다, 선선한 나무 그늘 밑에서 대자로 누워 낮잠도 한숨 자고. 가을이면 단풍잎 은행잎 따가서 귀에 꽂아보고. 겨울이면 포장마차에서 얼큰한 국물에 소주 한잔하는 거.

이렇게 말하면 누군가는 물을 것이다. 너무 평범하고 단조로운 행복만 바라는 거 아니냐고, 소박한 것도 좋지만 가끔은 큰 행복도 바라면서 살라고. 그러면 나는 그 사람에게 이렇게 화답해 줘야지.

내가 지금 말한 계절과의 동행들은 사랑하는 사람과 함께할 일들인데 어떻게 작은 행복일 수가 있겠냐고. 사는 게 사는 것 같지 않다며 일어나기 싫었던 아침도 사랑하는 사람과 함께라면 감동으로 다가오지 않더냐고. 그 일 하나만으로도 내가 행복해야 할 이유로 모자람이 없다고.

계절과의 동행2

겨울을 걷자
아무도 밟지 않은 거리를 누비자

손에는 아무것도 쥐지 않은 채로
내리는 눈을 피하지 않고 반기자

하얀 더미가 쌓여
고개를 들지 못하는 날이면
내가 너의 머리를 털어줄게

마른 장작과 모닥불이 없더라도
서로의 안온으로 겨울을 살자

온전한 우리의 겨울을 마치고
네가 좋아하는 여름이 마중 나오면
모든 옷을 벗고 여름 언덕을 오르자

숲을 거닐고 녹향綠香을 맡으며 초록을 입자
그렇게 다시 마주한 우리의 세상에서
계절과의 동행을 시작하자

계절의 단상

초판 1쇄 발행 2023년 3월 23일
초판 7쇄 발행 2025년 1월 8일

지은이 권용휘
편 집 김민재
디자인 서승연
펴낸이 권용휘
펴낸곳 시선과 단상
출판등 2023년 2월 7일 제2023-000013호

이메일 oehwii@naver.com
ISBN 979-11-982108-3-8